川上晨雨

张　翼◎著

安徽师范大学出版社

·芜湖·

图书在版编目(CIP)数据

川上晨雨 / 张翼著. —芜湖:安徽师范大学出版社,2019.10
ISBN 978-7-5676-3877-8

Ⅰ.①川… Ⅱ.①张… Ⅲ.①散文集－中国－当代 Ⅳ.①I267

中国版本图书馆CIP数据核字(2018)第275606号

川上晨雨

张　翼◎著

CHUAN SHANG CHEN YU

责任编辑:潘　安
封面摄影:刘剑平
封面题字:李玉泉
装帧设计:张　玲
出版发行:安徽师范大学出版社
　　　　　芜湖市九华南路189号安徽师范大学花津校区
　　　　　邮政编码:241002
网　　址:http://www.ahnupress.com/
发 行 部:0553-3883578　5910327　5910310(传真)
　　　　　E-mail:asdcbsfxb@126.com
印　　刷:江苏凤凰数码印务有限公司
版　　次:2019年10月第1版
印　　次:2019年10月第1次印刷
规　　格:880 mm×1 230 mm　　1/32
印　　张:4.5
字　　数:94千字
书　　号:ISBN 978-7-5676-3877-8
定　　价:32.00元

从 "心灵鸡汤" 谈起

我每天写一两篇 "读书笔记"，名之为 "张哥晨语"，开始仅仅是写给自己看的，自从有了QQ、微信之后，才开始在 "朋友圈" 里发发，试着与同道之人分享，迄今已有五年多的历史了。（当然，如果把在没有QQ之前的都算上，就已有几十年的历史了。）

我的 "读书笔记" 其实跟别人每天写的 "日记" 是差不多的，差别在于 "日记" 是对自己每天私生活的记录，而 "读书笔记" 是将自己每天读过的书、看过的新闻和听到的故事以及由此产生的一些联想，做一些解读和延伸而已，所以没有 "日记" 那么 "私密"，是可以分享的。

记得在念书时，看过一篇曾国藩的文章，原话记不住了，意思是做人必须勤奋，勤奋就必须从早起庭除打扫、记日记开始。此内容我一直铭记于心，所以我从不睡懒觉，而且经常写写读书笔记、随笔之类，一是戒懒，二是不为看书而看书，要求自己对书的内容做一些思辨性解读，品味品味，消化消化，希望能对自己人生的修养有所帮助。（加之我生活过于平平，今天便是无数个昨天的翻版，日记实在是没什么好写的。）

"张哥晨语" 在朋友圈里发出之后，有些人误认为这是 "心灵鸡汤"，其实从我内心来讲，我的那点读书心得与感悟，远远高攀不起"心灵鸡汤"。(不管误解者是褒义或是贬义的。) 因为我自己每天尚在学习之中，属于"营养不良"的一类，没有能力也没有资格熬鸡汤去滋补别人，这点"自知之明"还是有的。

"心灵鸡汤"的来源，与一个叫杰克·坎菲尔德的美国人有关。

几乎和我是同时代的杰克·坎菲尔德先生，20世纪60年代在哈佛上大学，学的是当时青年喜欢的课程之一：中国历史 (这一点同我类似)。

坎菲尔德常年在加州当中学老师，眼看大半辈子就这样马马虎虎地过去了。到80年代后期，他欠债14万美元，每天靠吃面条过日子。45岁生日时，他用一张大纸，画了一张一万美元大钞票，挂在墙上，盯着看。紧盯目标，果然有用 (一个朋友告诉我，一个人之所以没有钱，是因为他不爱钱)。他后来每次演说说到这里，感动万分："上帝伸出手来，拍了一下我的肩膀。"这种事，西方人叫"灵感"，中国人叫"福至心灵"。总之，从那天开始，他决心做个励志书作家。书写好了，大约100个小故事，都是让人激发志气、有所作为、天天向上的。想到奶奶熬鸡汤给他治百病，于是他将书名定为《心灵鸡汤》。

励志在西方历史久远，坎菲尔德认为自己并非在重复讲述柏拉图、亚里士多德的思想，自己应有发明与创新。他说的都是有思想的励志小故事，而且全是真实的。

他也明白，写书只是第一步，书必须得出版发行。但他只是一个中学教师，只能向一家家出版社投稿。投到第 143 家，他认为自己已经够坚韧不拔，有认输也不丢脸的"厚脸皮"了。

最终他投了一家正要破产的出版社，而且要钱少，只付了 1 500 美元。结果《心灵鸡汤》第一年就狂销了 800 万册。此后，世界伟大的励志书系列作者坎菲尔德，写了 80 本《心灵鸡汤》，卖出 8 500 万册，平均每本 100 多万册。

"鸡汤"如何能有 80 种之多？坎菲尔德写了几本"鸡汤"系列，马上就明白，每种人都有一本难念的经。与其写通用于任何人的励志故事，不如分门别类，于是有《给豆蔻年华的心灵鸡汤》《给为人父母的心灵鸡汤》《给爱宠物者的心灵鸡汤》《给高尔夫球玩者的心灵鸡汤》。阿富汗战事来了，有《给入军远征者的心灵鸡汤》。伊拉克战事重起，有《给军人妻子的心灵鸡汤》。

二十多年，每年 3 本以上的"鸡汤"，这个作者哪来这个本事写出那么多激发心灵力量的真实感人的故事呢？原来他想了一个好办法：他请"广大群众"来供稿，他自己雇佣了十几个编辑，分类整理。而且，每个说故事的人，都签字保证其真实性。这样谁也无法说他在编造。这真是全民励志的一次运动。

好多故事真是感人至深，催人泪下。例如一个独腿人坚持训练，夺得网球赛冠军；一个 84 岁老太太跑完马拉松；一个残疾孩子，收养一条只有三条腿的狗，因为"我们能互相理解"；一个 94 岁老太太去世，曾孙女在哭，老太太突然醒过来，说"好消息，我在天堂里不再用轮椅了"。

催泪+励志，大受美国读者欢迎。在《纽约时报》畅销书榜上，曾经有7本"鸡汤"书荣登，由此坎菲尔德上了吉尼斯世界纪录。

一个人要想达到那样的成就，本身就非常不容易，何况还能引起那么多人的共鸣，甚至达到万人投稿的地步，谁能轻视这"心灵鸡汤"？

古人在《中庸》中说：博学之，审问之，慎思之，明辨之，笃行之。即广泛地学，仔细地问，谨慎地思考，清晰地分辨，专注地实行。这种博学、有思想并身体力行之人才有励志的故事讲给别人听，才能鼓舞众人的斗志！

其实每天也有不少的朋友到我这里，把我当"知己"，倾诉自己的不同的"烦恼"，也给我讲过很多有趣的故事，甚至有位母亲，用微信把她失败的爱情故事讲给我听，令我相当感动。

能将自己的"励志"故事分享给别人，所谓"言者无心，听者有意"，说不定就能使愚者聪明，弱者强大，虽然达不到"鸡汤"的要求，但这行为本身就是功德一种。

目　　录

川上晨雨

i

川上晨雨

iii

冲厕所的责任感

做人要有担当，要有责任感，这是做人的基本道德之一。听到一个故事，颇有感触：

有一次，我到日内瓦的一个公园散步。我到公共厕所去，发现有一个八九岁的男孩在厕所里面"玩"，我当时想小孩真调皮，怎么"玩"到厕所里来了。等我走出厕所，一位40来岁的中年妇女就着急地迎上来问："先生，我的孩子上厕所，进去20分钟了还没有出来，不知道什么原因，你能不能帮我去看看？"我进去一看，小孩正急得满头大汗。我问："你在干什么？"他说："我上完厕所以后，不知道怎么冲水。"原来冲水马桶是新式的，他没见过，为了冲水，在里面折腾了20分钟。我帮他冲掉以后，他抱着我，说了很多次"谢谢"。

我非常感动，这就是责任心，是他所受的教育带给他的。我想，这个孩子将来一定是一个很能担当的人。

一个有担当的人是从小练成的。就别说小孩了，不冲厕所一走了之的人，不是大有人在吗？

还有一种人，做事"虎头蛇尾"，常常叫人"擦屁股"，就不要说冲厕所了！

不要用过去来惩戒未来

有人说：不要用过去来惩戒未来！

我虽不知他说话的背景，但很欣赏这句话。

我是个喜欢历史的人，但我并不主张用历史来绑架现在与未来。毕竟时过境迁，有很多不愉快的往事，该放下的放下，多着眼于现在与将来。

有一次，听一对老夫妇吵架。老太婆数落老头在年轻时喝醉酒打过她，还给他的旧情人送过5斤全国粮票……老头子也不示弱，说老太婆在10年前和她的初恋情人看过电影，还煮了夹生饭给他吃……双方都声称"忘记了历史就等于背叛"，几十年来陈谷子烂芝麻每天都要翻出来"晒"几次，真不知冤冤相报何时了！

苏轼第二次被贬，在被贬的路上还表扬自己"浩然天地间，唯我独也正"。到达惠州，面对前来迎接他的惠州百姓，苏轼大为感动："仿佛曾游岂梦中，欣然鸡犬识新丰。"

心中铭记仇恨，事事寻机"报复"，甚至"父债子偿"（称之曰"世仇"），生生世世都生活在仇恨的阴影下，还不如当年的曼德拉，出狱后任总统，把当年虐待他的罗本监狱3名狱警请来参加总统就职仪式而不是报复！

缺什么炫什么

古人说："好说己长便是短，自知己短便是长。"

曾国藩早年在家乡读书的时候，有很多比他聪明的学生，这些人眼高于顶，不听老师教诲，还经常批评同学文章写得不好。曾国藩也经常被批评，但是曾国藩不恼，反而认真求教。到了最后殿试，曾国藩考中了。

清代陈宏谋在《养正遗规》中说：

才不足则多谋，识不足则多虑；

威不足则多怒，信不足则多言。

勇不足则多劳，明不足则多察；

理不足则多辩，情不足则多仪。

一个人缺什么，可能就会强调什么。一个实际没多少"钱"的人，可能就会非常爱"炫富"；一个只有"半壶水"知识的人，可能喜欢用"博学"示人，自命为某某大师。

"山不辞石，故能成其高"。一个人只有虚心接受外来的批评和建议，学习别人的长处，才能成为一个"大人"。

坦率地说，即使成了"山"，又能怎么样？山外青山，楼外楼，在地球上也不过是沧海一粟罢了，有什么好炫耀的！

身正不怕影子歪

唐太宗问许敬宗："我看满朝的文武百官中，你是最贤能的一个，但还是有人不断地在我面前谈论你的过失。这是为什么呢？"

许敬宗回答："春雨贵如油。农夫因为它滋润了庄稼而喜爱它，行路的人却因为春雨使道路泥泞难行而嫌恶它。秋天的月亮像一轮明镜辉映四方，才子佳人欣喜地对月欣赏，吟诗作赋，盗贼却讨厌它，怕照出了他们丑恶的行径。无所不能的上天且不能令每个人满意，何况我一个普通人呢？我没有用肥羊美酒去调和众口是非，况且，是非之言本不可听信，听到之后，也不可传播。君王盲目听信臣子的，可能要遭受杀戮；父亲盲目听信儿子的，可能要遭受诛杀；夫妻听信谗言，可能会离弃；朋友听信谗言，可能会断交；亲人听信谗言，可能会疏远；乡邻听信谗言，可能会生分。人生有七尺高的身躯，要谨慎对待听到的传言，舌头上有龙泉剑，杀人不见血。哪个人在人前没有说过别人？哪个人背后不被别人评说？"

唐太宗说："你说的话很有道理，我应当认识到这一点！"

的确，一个人取悦于每个人是不可能的，但只要凡事依正道而行，无愧于心，别人说长道短，无须理会。

勿以小人之心度君子之腹

有一位单身女子刚搬了家，她发现隔壁住了一户穷人家，一个寡妇与两个小孩子。

有天晚上，那一带忽然停了电，那位女子只好自己点起了蜡烛。一会儿，听到有人敲门。原来是隔壁邻居的小孩子，只见他紧张地问："阿姨，请问你家有蜡烛吗？"女子心想："他们家竟穷到连蜡烛都没有吗？千万别借给他们，免得被他们依赖了！"于是，对孩子吼了一声说："没有！"正当她准备关上门时，那穷小孩展开关爱的笑容说："我就知道你家一定没有！"说完，竟从怀里拿出两根蜡烛，说："妈妈和我怕你一个人住又没有蜡烛，所以我带两根来送你。"

此刻女子很自责，感动得热泪盈眶，将那小孩子紧紧地抱在怀里。

在生活中，曲解别人的一番好意，还振振有词地说："他如果没有什么企图，凭什么对我这么好？"这样的人确实以小人之心度君子之腹了。这样的人做错了。

人如何，世界便如何

当年南岳怀让禅师欲传灯马祖道一。马祖道一终日打坐，怀让禅师跟他打招呼，马祖不理不睬。怀让禅师便拿一块砖在马祖面前的地上磨。

马祖忍不住问："老法师，您在干什么？"

"磨砖做镜。"

"砖头怎么能磨成镜子呢？您开玩笑！"

"那我问你，你在干什么？"

"打坐！"

"打坐为了什么？"

"为了成佛！"

"砖头磨不成镜子，难道打坐就能够成佛吗？"

马祖怔住了，问："怎么做才对呢？"

怀让说："牛拉车，车不走，是打牛还是打车呢？"

"当然是打牛了！"

怀让说："你现在明明就是在打车嘛！"

我们自身是牛，客观条件就是车，是打牛还是打车，显而易见。

事情做不成功，或者人际关系处得不好，不要怨天尤人，而要反躬自省，从自己身上找原因。

心里光明，世界便不黑暗；心里光明，世界便清晰透亮；心里光明，世界便温暖如春。

操不完的心，拼不完的命

看看我们的周围，多少的人，为了一个栖身的房子，牺牲了自己的多少个日日夜夜，加班加点地工作，心想："等买上房子，或还完贷款，这辈子就可以轻松了！"

然而，房子的事刚完，孩子的事来了。多少孕妇心想："等孩子生下来就好了。"没想到，孩子生下来更麻烦，还不如在肚子里，想去哪里去哪里！

有多少小孩子家长又想："等孩子上小学了就轻松了，熬吧。"

其实，上学更轻松不了：各种家庭作业，辅导班，不省事！

有不少的家长，在为了一个小升初，不惜牺牲孩子的童年，双休日奔波在去各种各样辅导班的路上。"等考上初中，就解脱了！"小学上完了，发现初中也有辅导班，而且更多，孩子更没有时间玩了！只好等大学再玩了。

本以为孩子上了大学就完成任务了，没想到大学上完了，找工作也一样要操心！

等孩子工作了，马上又开始操心孩子的婚事、房子了！接着想："等孩子结婚了，我就不用操心了！"

结婚了，有房了，孩子的下一代又来了！

操不完的心，受不完的累，如此循环往复，到头来，发现一辈子都没有一天是为自己过的。

其实，年轻人不能总躲在父母的大树底下，靠转嫁自己的生活压力来获取幸福。大学毕业了，成人了，就必须自己去奋斗，自己去努力，通过自己的艰苦努力才能拥有一切，包括房子、汽车，都得自己去完成。而父母也应该去过他们自己想过的生活。

这个天地我来过

我有一位中文系的朋友，今晨告诉我：年少时读《悟空传》，里面有句特别喜欢的话："这个天地，我来过，我奋战过，我深爱过，我不在乎结局。"

我们总以为时间还有很多，经得起漫不经心和浪费。但是后来才知道没有来日方长，只有时光匆匆，很多人和事都是一去不复返，再也无法追回。

我们常说改天再聚，以为未来会有很多机会再见。于是，每次有人提议聚会，都会有人用这样那样的理由不参加，然后说下次有机会再参加。

一转眼，十年过去了，全员到齐的聚会只有一次，但是这次之后有的人已经永远离开了我们，再也没有下次了。

我们常说有空再做，等有空闲了却懒得去做了，就推说下一次。

常说等我们老了，在苍山山麓，洱海湖畔，安享晚年，可是时间不等人，在我们能够完成的时候不抓紧去做，等我们没有能力和条件的时候才后悔错过了最好的时机。

如果你现在想去哪里，想做什么事，不要犹豫，说走就走，说干就撸起袖子干！别等以后，更不要说："等我们老了，再……"

爱情很珍贵

几个"老男人"聊天，居然聊起了"爱情"，其实哥几个亲身"恋爱"的经验并不多，统统不过都是从书上看的，或是周边人的"活案例"，有的就是电视上的"悲喜剧"，甚至是"道听途说"的"路边摊"产品。

其实，爱情这个东西是很奇怪的，它不是我们中学时候做过的那道"一边放水一边注水的游泳池要多久才能填满"的应用题，而是只要爱情之中有一方不愿回应，即便另一方倾其所有，也填不满那漫漫虚空的迷幻世界。

一兄弟介绍说有一个女孩子，仗着年轻，仗着一腔热忱和勇敢，义无反顾地去爱一个不爱自己的"小鲜肉"。她钟情于他的帅气、高"颜值"，还有一张可将天上的小鸟都能骗下来的"甜嘴"。

她知道他身边有很多"女友"，但她很自信，她认为各方面胜得过自己的"女人"几乎没有，自然可以"不战而屈人之兵"！

等到浪子回头吧。可我不敢想，那回头，是真心实意地被她打动，还是仅仅出于年岁渐长而心灰意冷地凑合，或是追求某人无果，退而求其次呢？

爱是这世间最平等的东西，不分贫富，无论贵贱，但唯有一种，却是最廉价的，那便是一个人倾其所有，而另一个人不屑一顾。像是买椟还珠那个小故事里的宝珠，只有遇到长着慧眼的那个人，才具备了价值。

这就是爱情的珍贵之处，不在于玫瑰，不在于口红，不在于香车宝马和珠宝钻戒。它只在于那个人，能否看得见爱情的表象背后灵魂的光芒，看得见，就懂得，就会珍惜。

爱也是一件易耗品。当怀着温柔、勇气、自信，你想要好好地去爱某个人，或被某个人爱时，是会在一次次伤心和失望中逐渐流失的。

如果在年轻的时候对错的人用力过猛，等到足够成熟之后再遇到对的人，那时早已是遍体鳞伤，失去了去爱的力量。

请好好珍惜你的爱情，它很昂贵，它的价格，就是你的价值，别把它轻易许给有眼无珠的人。

成功需要阿甘精神

电影《阿甘正传》讲述了一个名叫阿甘的青年的故事，他的智商只有 75，进小学都很困难，但是，他几乎做什么都能取得成功：长跑、打乒乓球、捕虾，甚至爱情。最后，他成为一名成功的企业家，比他聪明的同学、战友却活得并不成功。这是对聪明的一种嘲弄。

阿甘常爱说的一句话是："我妈妈说，要将上帝给你的恩赐发挥到极限。"这部电影表达了一种成功理念：成功就是将个人的潜能发挥到极限。

现代心理学研究表明，在决定一个人成功的诸多要素中，居核心与决定地位的是情商，智商只是必要条件而不是充分条件。具备高学历并不一定就能成功，它只是具备了成功的可能性而已。

阿甘的成功，从某种意义上说，拜赐于他的轻度弱智、不懂得计算输赢得失。他唯一做到的就是简单坚持，认真地做，傻傻地执行。很多时候企业里缺的不是"聪明人"，而是这样的"傻子"。

有的人遇到问题总是怨公司、骂上司，算计着要有一分收获才肯去做一分耕耘，没多少收获便不肯耕耘。每个决策，每个命令，都要看自己有多少得益，有多少损失，如果不划算，便"上有政策，下有对策"。

殊不知，很多事情前期是十分耕耘，三分收获，后期才是三分耕耘，十分收获。阿甘并不是真的愚者，真的愚者是欺负他的人。他成功的方法只有一个——那就是不计成本的努力。他成功的秘诀就在于他的"单纯"或者说"执着"。

我们常以智商高低来判定一个人的聪明程度，但再聪明的人也有其短板，再笨的人也有一长，例如阿甘虽然智商低，可他跑得很快、会吹口琴、会打桌球、会养虾，可见凡事都是学习而来的，只要肯花工夫学，一定能在某一领域有所发挥。

成功需要阿甘精神。

时间是个好东西

曾经有一个人问我，你最喜欢什么，我说喜欢手表，喜欢手表上的时间，因为在这个世界上只有时间不会骗人，只有时间才能证明一切。

有些事，做过了才知道是不是有能力征服。

有些人，爱过了才知道是不是适合自己。

有些路，走过了才知道是不是成功的捷径。

你不试，不用时间去验证，怎么知道自己不行呢？失去了开始的勇气，不过就是懦夫，到头来也没有资格后悔。

什么是真的？什么是假的？

看人，不要用眼睛去看，那样容易走眼，更不要用耳朵去听，因为会有谎言。用时间、用心去感受，真的假不了，假的也真不了！

时间是个好东西，验证了人心，见证了人性，也验证了自己的能力，见证了爱情，看清了真的，拆穿了假的。

短期交往看脾气，长期交往看德行，一生交往看人品！

路遥知马力，日久见人心！时间会留下最真的人！

人不可无趣

《射雕英雄传》里的老顽童周伯通，是最让人喜欢的一个角色，他虽然武功盖世，却满是儿童心态，整天爱搞恶作剧，玩心太重，围绕着他发生了许多有趣的事，使得打打杀杀腥风血雨的江湖，多了不少浪漫欢快的生活气息。

台湾著名诗人余光中在《朋友四型》里把人分为四型：

第一型，高级而有趣；

第二型，高级而无趣；

第三型，低级而有趣；

第四型，低级而无趣。

把有趣和无趣当作分类的标准，可见有趣是多么重要。

做个有趣的人并不难，首要之事便是自己要先觉得这个世界有趣。有趣的人聪明、乐观、幽默，并且感性。有趣的人懂得生命真谛，也懂得享受生命。

有趣的人越多，我们的幸福指数就越高。但愿我们都能变得有趣起来！

你真的知"道"吗

我们常说"知道了"，但我们真的知"道"吗？

万物之理，古人称之为"道"。中国是一个讲"道"的国度，从春秋起，便为此争论不休：老子讲处世之道，孔子讲为人之道，庄子讲养性之道，孟子讲君臣之道，荀子讲学习之道，孙子讲兵法之道，鬼谷子讲权谋之道，王阳明讲致圣之道……

人在道中，而不知其存在，就如同鱼在水中，不知水的存在，但我们也如同鱼离不开水一般，无法脱离道而存在。

回望范蠡的一生，官至极品，富可敌国，达则兼济天下，千金散尽，不久后迅速千金"复来"。

从政时，范蠡奉行了一个臣子的忠义，为商时，又尽了一个商人的良心。范蠡真可谓是一个宏略于胸又悲悯天下的智者，到了古稀之年，家资富可敌国，儿孙满堂，无病而终。

在范蠡思想中，核心就是追求和谐的天道、地道、人道。天道要求我们盈满而不过分，气盛而不骄傲，辛劳而不自夸有功。这其中既包含有先天下之忧而忧的儒家勇气，又有功成而身退的道家思想。

你知"道"了吗？

该用就用，该吃就吃

房子是拿来住的，不是用来炒的。同样，东西也是拿来用的，酒、茶是拿来喝的，衣服买来是要穿的……

苹果买来舍不得吃，一天烂掉一个，丢了又可惜，先把烂的吃掉，结果天天吃烂苹果，还真不如把烂的扔了天天吃好苹果。买来的名家制作的紫砂壶舍不得用，它就已经不是茶壶了，成了只能看看的工艺品。舍不得喝的好酒，舍不得泡的好茶……统统失去了它们本来的价值。

任何东西，明码实价的时候，它只是商品，我们穿过、用过，才慢慢有了岁月的痕迹和因我们的生活习惯而留下来的特殊气息。这时候，它成了我们生活的一部分。

你的周围，充满了自己喜欢并且狠狠使用过的东西，那才是真正有价值的。

你有地位吗

我们常常会无端地想念一些人。

想起一些人时，总感觉自己的生命是切成一段段的，每一段都和一些人联系在一起。没有这些人，生命似乎就苍白贫乏，没有着落。但也不单是朋友，一些不是朋友而不得不与他们发生联系的人，甚至一些憎恨的人，也常常要想起他们。所以，生命便可以分解成这样：

一些被你所爱的人分去了；

一些被你恨的人分去了；

一些被你无所谓爱或恨的人分去了。

你的生命被这三种人分解去了。你在漫长的岁月里想念他们，因此你觉得自己的生命充实。

有人总结说人会有三次生命：一是从出生到停止呼吸的那一刻，你的第一次生命结束；二是当你的所有亲人都忘记你，而不知道你是谁时，你的第二次生命结束；三是当在这世界上没有一个人知道你是谁时，你的第三次生命结束。

世上最有地位的人，其实就是第三次生命最长的人。

真情才教人生死相许

"问世间，情为何物？直教人生死相许！"这成了百人百解之题。

曾经有一组专业人员问四到八岁的孩子这样一个问题："爱是什么意思？"

看孩子们怎么回答：

"爱就是当你出去吃饭时，你把自己大部分薯条给某个人，而不在意他是不是也给你。"（克里希，六岁）

"爱就是当你告诉一个男孩，你喜欢他的衬衫，他就每天都穿着它。"（诺艾尔，七岁）

"爱就是在你累的时候让你笑起来的东西。"（特里，四岁）

"青梅竹马，两小无猜"，这富含"童心"的爱，是真爱！唯有真爱，才是那照耀天地的艳阳，就算偶有乌云遮日，它也不离不弃。

只有真情，才能教人生死相许！

重新定位，再次启程

苏格拉底说过：认识自己，方能认识人生。

其实，人生最大的哲学，不是读懂世界，而是认识自己，改变自己，挑战自己，这样才能走过人生的独木桥。

盲目自信、自我感觉良好的人，他们所谓高人一等的优越感，是自我营造出的幻觉；相比而言，自卑一点的人，反而能清醒认识到自己的不足，没有一叶障目，不自欺欺人，因为自己的理智而实际上高人一等。

人生最大的不幸，就是不认识自己。离开权位，自己什么都不是了。

然而为什么我们就不能重新审视自己，重新定位，站在新的舞台上去施展自己的才华，去迎接自己人生的第二个春天呢？

停下来看看花

大文豪巴尔扎克曾抱怨："我需要休息，让我的大脑重新焕发活力，旅行就能让我休息。但是要能去旅行，就必须得有钱；为了赚到钱，我必须要工作……我陷入一个恶性循环里，根本不可能逃出魔爪。"

如今，巴尔扎克的困境不少人都遇到过。旅行、钱、工作，看似无关，却串联在一起，像是一条咬着自己尾巴的贪吃蛇。

怎样来破解呢？

老课本里有篇文章，讲的是三只牛和两只羊吃草的故事：

三只牛吃草，一只羊也吃草，一只羊不吃草，它看着花。

我们，不一定老是要赶着去吃草，不妨慢下来，成为那只看花的羊。

当我们的"灵魂"和"脚步"不同步时，我们走得越慢，有时候得到的快乐就越多，有必要让飞快的脚步停一下，等一等跟不上的灵魂。

道不同，不相为谋

最近被这样一句话刷屏：

曾经的好朋友渐行渐远，活成了彼此不能理解的样子。

其实，别人活成什么样子我们没法感同身受，毕竟我们没有经历过别人的人生，但是从谈天说笑里，我们可以窥见一个人的三观。

一个人的三观，决定了他在你眼里活成了什么样。我们或许理解，但不一定认同。

若三观契合，哪怕多年不见面不联系，某天偶然碰面，有久别重逢的喜悦和说不完的话，哪里有心思去尴尬。

若三观相悖，就算天天住在一个屋檐下朝夕相处，也只觉得话不投机半句多。即便相对而坐，心也相隔万里。

人生路漫漫，越往前走，我们身边留下的，路上结交的，就越是三观契合的人。

没有理由的理由

女孩子说："我不能赴你的约会，因为妈妈不准我晚归。"其实这并不是理由，不过是推辞而已。

老板说："对不起，我们薪水一律是这么多。"其实，那也不是理由，只不过是阁下不值得破例而已。

一位大律师接受采访。记者问他："业务繁忙，如何抽空搞音乐？"他笑笑回答："要是喜欢，总有时间，譬如说，人家吃饭，我不吃，人家睡觉，我不睡，我作曲，我练习乐器。"

就是那么简单。

人在爱得不够、努力得不够、用心得不够的时候，总喜欢用一些不是理由的理由来开脱，以便下台。

找各种"不成理由的理由"，该见的人不见，该做的事不做，那并不是真正的"没有时间"，而在内心深处是不想见、不想做，或没有必要做，不值得做，以及不方便做。

那么这个人或这件事在当事人心目中，不可能是重要的。

从认识自己的无知开始

普通人在智商上，并无太大的差异，真正的差异其实都出现在认知上。

你如何看待自己，看待他人，看待整个世界？看法不同，行为不同，产生的结果自然不同。

有高层次认知的人，能够把人与环境、现实与幻想区分开来，很少焦虑迷茫。

处于这种境界的人，有自己的思想和观点，不会人云亦云，不会被人当枪使。

他们善于以多元化的角度去看待整个世界，懂得换位思考，明白主观与客观的差距，不把自己的好恶强加于人。

他们知道自己的弱势在哪里，同时能看到别人的优点，从别人身上汲取营养。

这一类人，包容心很强，内心很强大，通常为人谦逊随和。

欲海无涯

看到一篇文章，叫《乞丐的梦》，故事说在公园，有一位衣着破烂的乞丐坐在板凳上，静静地望着对面的豪华宾馆，脸上洋溢着幸福的笑容。

一问才知道他想每天都能讨到一些零钱，入了夜还有宾馆的彩灯相伴，这样能梦到自己住进那栋舒适的宾馆。

一个叫鲍比的绅士对这种近乎自欺欺人的梦想深表同情，于是大方地往乞丐的帽子里放了100美元。

第二天，鲍比路过公园时又遇见乞丐，鲍比担心变了天气乞丐会被冻着，仁慈地留下100美元。

到了第三天，路过公园，乞丐已站在长凳旁等候，鲍比又掏出100美元。

之后，每次下班，乞丐都会主动跟鲍比友好地打招呼，鲍比照例每次都慷慨地留下了钱。如此持续了十几天，鲍比没有更多的钱了，便绕道而行，以避开乞丐。

很多天后，鲍比远远地看见那个乞丐跟别人抱怨："鲍比是生病了吗？如果不是，他怎么可以这么不负责任呢？以前我只会做住宾馆的美梦，是他让我产生了住进宾馆的追求，可他消失了，真让我痛苦无比！"

鲍比这才知道，自己的慷慨施舍，一不小心竟然导致乞丐终结了最初的快乐。

人生的痛苦，往往是因为自我设定的幸福标准和自己的期待值超过了自身的能力，或错误地将自己的"梦想"寄托于他人。

古话说："人心不足蛇吞象。"像这位乞丐一样欲海无涯的人，会永远生活在痛苦之中。

感同身受

一个真正有文化修养的人，是能够用慈悲心和包容心去成就别人的，在成就别人时，也是在成就自己。

有一个医生，在接到电话后，以最快的速度赶到医院并换上手术服。

是一个男孩要动手术。他的父亲失控地喊道："你怎么这么晚才来？你难道不知道我儿子正处在危险中吗？你怎么一点责任心都没有?!"

医生淡然地笑着说："很抱歉，刚刚我不在医院，接到电话就马上赶来了，您冷静一下。"

"冷静？如果手术室里躺着的是你的儿子，你能冷静吗？如果现在你的儿子死了，你会怎么样?"男孩的父亲愤怒地说。

医生回答道："我会默诵《圣经》上的一句话：'我们从尘土中来，也都归于尘土。'请为你的儿子祈祷吧！"

男孩的父亲愤愤地说："当一个人对别人的生死漠不关心时，才会这样说。"

几个小时后，手术顺利完成。医生高兴地从手术室走出来，对男孩的父亲说："谢天谢地，你的儿子得救了！"还没有等到男孩的父亲答话，他便匆匆离去，并说："如果有问题，你可以问护士！"

　　"他怎么如此傲慢？连我问问儿子的情况这几分钟的时间他都等不了吗?!"男孩的父亲对护士愤愤不平地说。

　　护士的眼泪一下子就流出来了："他的儿子昨天在交通事故中身亡了。我们叫他来为你的儿子做手术的时候，他正在去殡仪馆的路上。现在，他救活了你的儿子，要赶去完成他儿子的葬礼。"

从土豪餐饮到绅士餐饮

昨天宴会上听人讲了一个故事：

一次，他跟他老总去谈业务，午餐时，便在酒店点了一桌菜。吃饭中途，服务生端上一道特色菜，老总礼貌地说："谢谢，我们不需要菜了。"服务生解释："这道菜是免费赠送的。"老总依然笑着回答："免费的我们也不要了，吃不了，很浪费。"饭毕，老总将吃剩的菜打了包。回公司途中，老总将车子开得很慢，好像在打量什么。他正纳闷时，老总把车停了下来，拿起打包的食物，下车走到一位乞丐跟前，双手递了过去。

什么是文化？这就是文化。

餐饮文化是文化的组成部分。随着社会的进步，"土豪"似的狂吃滥喝，变成了这种植于内心的、有修养的"绅士"风度了。

想想世界上还有不少吃不饱、穿不暖的人，每念至此，"粒粒皆辛苦"，就会更加刻骨铭心！

培养千里马的伯乐

屠格涅夫在打猎时无意间捡到一本皱巴巴的《现代人》杂志。他随手翻了几页，竟被一篇题名为《童年》的小说所吸引。作者是一个初出茅庐的无名小辈，但屠格涅夫十分欣赏。

屠格涅夫四处打听作者的住处，最后得知作者是由姑母一手抚养长大的。屠格涅夫找到了作者的姑母，表达对作者的欣赏与肯定。姑母很快就写信告诉自己的侄儿："你的第一篇小说在瓦列里扬引起了很大的轰动，大名鼎鼎、写《猎人笔记》的作家屠格涅夫逢人便称赞你。他说：'这位青年人如果能继续写下去，他的前途一定不可限量！'"

作者收到姑母的信后惊喜若狂，他本是因为生活的苦闷而信笔涂鸦打发心中的寂寥，由于名家屠格涅夫的欣赏，一下子点燃了心中的火焰而找回了自信和人生的价值，于是一发而不可收地写了下去，最终成为具有世界声誉和世界意义的作家。他就是列夫·托尔斯泰。

人各有长处和不足。学会欣赏别人的长处，找出他的"闪光点"，就会使他真实地认识自己，因此而超越自己，成就他不一样的人生。

　　特别是身为孩子的父母，不要因为孩子成绩不好而责备，而是要发现孩子的长处，懂得欣赏孩子，鼓励孩子，发掘孩子的潜力与特长，这样的父母不仅是发现千里马的伯乐，更是培养千里马的伯乐！

川上晨雨

林子里什么鸟都有

俗话说：林子大了，什么鸟都有。

人生在世，会接触很多人，各种各样，都需要面对。

韩信可能遇到屠夫，"秀才"可能遇到"兵痞"，开车撞上一个"碰瓷"的，淑女爱上了"人渣"……

如何妥善处理各种关系，是一门学问，小人"以小人之心度君子之腹"，君子也大可"不计小人之过"。

常说"害人之心不可有，防人之心不可无"。对于小人，"敬"而远之，少说话；尽量不来往，但不粗暴地拒绝来访；不深交，但不绝交；可以给予好处，但不能占小人便宜。

回避小人，回避不好的事，是一种守，一种谋略，一种生存的智慧；而培养自己的气度，让自己成为一个大气的人，则是一种攻，一种涵养，一种人生的高度。

大气，是一种境界。海到天边天做岸，山登绝顶我为峰。站得高，看得远！

大气，是一种财富。和自己身体结合在一起，谁也拿不去，爆发出来让别人叹为观止，隐藏起来让你从容立世。

大气，是一种修养。发怒时要看看发怒的对象是谁，可以和比你高出很多的人发怒，但不要和一个人渣发火。

道德是用来约束自己的

一对老夫妇，十多年前做慈善，认捐了一位贫困山区孩子的学费。从小学到大学，一直未中断。当那孩子念大学二年级时，老夫妇中老头子去世，老妇人年迈又住院，所以无力继续承担那孩子的学费。结果那孩子说："你们是没有诚信的人，不履行承担我读完大学学费的承诺，我们法庭上见！"

所谓"升米恩，斗米仇"，遇到这样的人，你越让着他，他就越得寸进尺。

一位早上去晨练爬山的老人在公交车上，硬要一位上学的小学生让座。小学生说："你们反正没什么事，就不可以错开早上我们上学的时间吗？"老人一听火了，把小学生抓起来就是一顿暴打，打得鼻青脸肿，口鼻出血……

道德是用来约束自己的，一旦用来指责和强迫别人，就变了味道。

有趣的灵魂都上哪儿了

前些天与一女士聊天，她很感慨地说："现在好看皮囊的俊男靓女多，但是有趣的灵魂是万里挑一。"

的确，世界上最美好的事情，就是一个有趣的人，遇到了另外一个有趣的人。两个人带着旺盛的好奇心，一起去探索更丰富的世界。你喜欢的他不讨厌，他感兴趣的你也想去了解，彼此欣赏，又互相包容。

互相折磨的人在一起，只是将就。相处舒服的人在一起，才有将来。

不合适的人，像两只想拥抱的刺猬，想给彼此温暖，却把对方扎得遍体鳞伤。

合适的人在一起，就像鱼遇见水，风遇见云，花遇见树，轻松而自然。

书是"疗伤"的良药

人在碰到"不爽"之事、心情"失落"之时，看书是"疗伤"的良药。

北宋文学家、史学家欧阳修在《东斋记》中写道：每体之不康，则或取六经、百氏，若古人述作之文章诵之，爱其深博闳达、雄富伟丽之说，则必茫乎以思，畅乎以平，释然不知疾之在体。

语言艺术大师罗曼·罗兰对读书疗疾亦有同感。他说："读有益的书，可以把我们由琐碎杂乱的现实世界提升到一个较为超然脱俗的境界，能以旁观者的眼光回顾自己的忙碌沉迷，一切日常引为大事的焦虑、烦忧、气恼、悲愁，以及一切把你牵扯在内的扰攘纷争，这时就都不再那么值得你认真了。"

心情不是人生的全部，却能左右人生的全部。

隐　私

大概每个人心中都有些小秘密，俗称"隐私"。为了保护"隐私"不得暴露，常以发誓来解决："此事天知地知，你知我知，如果谁泄露出去，便遭天打雷劈，不得好死！"

然而，其中有一位终于会忍不住告诉自己的"闺蜜"，又重复上面的誓言，就这样口口相传，人人分享，"隐私"变成了公开的"秘密"，而且没有人真正遭到"天打雷劈"。

在这世上其实没几个人真正愿意把深藏心底的秘密带进棺材的，或许，这就是人性。在人性面前，"誓言"总是那样苍白无力！

《伊索寓言》中那个答应为长驴耳朵的国王保守秘密的理发匠，绝对没想过守住一件秘密有多么难。从他答应为国王保守秘密之日起，就像喉咙里卡了根鱼刺，生不如死；直到他在那个电闪雷鸣的夜晚，匍匐在密林深处的草丛里，对着树洞一声呐喊，才终于解脱。国王长驴耳朵的消息不胫而走。

人性这东西，亘古不变，中外皆然。

所以，要想人不知，除非己莫为。

有距离的爱

宋代苏轼说："横看成岭侧成峰，远近高低各不同。不识庐山真面目，只缘身在此山中。"

唐代诗人韩愈有一句诗这样写："天街小雨润如酥，草色遥看近却无。"诗句的意思是说，在滋润如酥的初春细雨中，春草发芽，远远望去，一片淡淡的绿色，可是走近后，却只见到极为稀疏的草芽，绿色反而感觉不到了。

置身太近，有时反而感觉不到实际存在的东西；要把握某一事物，有时需要跳出这一事物。人对事物的看法，与对美的感受，同距离是有关系的。

人与人之间要用爱来沟通，但别用爱来说事较真。距离就提供了这样一个空间，里面有自己，也有别人，可以相处轻松，合作愉快。就算有朝一日，我们走的路不再相同，也能够问心无愧分手告别。

没有距离的相处是一种自私的表现，因为只想着自己，没有顾及别人的感受。就算那是爱，自私的爱又能走多远？

当我们最终在爱里失去了别人，又因此失去了自己，在痛苦里最终失去了善良，又因此失去了世界的时候，你就会明白，距离原来是爱的翅膀。

用距离来节制爱，才是恰当的。

老人也需要"忙碌"

人，年龄大了，自然就会与各种老人相处，失去伴侣的，朋友少的，空巢的……

我慢慢发现，很多时候，想要真的释放他们的孤独，并不是子女时刻在身边嘘寒问暖，也不是时刻有保姆跟着，更不是不停地给钱，而是让他们忙碌、充实，让他们找回年轻时的自信和"被需要"感，他们真正害怕的，是自己"没用了"。

谁不会变成步履蹒跚的老人呢？他们做心底喜欢的事，常常去各种娱乐中心，参加合唱团，打打太极，去跟别的老人聊天。

谁都希望自己在生命的尽头，最大的依靠不是孩子，而是内心的充盈与尊严。

"自己一个人"，这句话一点也不悲凉，也不可怕，全看如何安排自己的晚年生活。

说到底，养老要靠自己，靠自己硬朗的身体，靠自己充盈的内心。

"厚道"为本

昨晚和一老总吃饭，我说我特别尊重他，而且非常愿意和他在一起。他问我为什么，我说他非常"厚道"，相处放心而轻松！

有一些人喜欢把"厚道"当作"笨拙"。其实不然。

忠厚老实的核心是"真"，欺骗奸滑的核心是"假"。

缺乏厚道，就会有农夫与蛇；

缺乏厚道，就会有鸿门宴；

缺乏厚道，就会有卖友求荣；

缺乏厚道，就会有莫须有。

"厚道"，是人生路上一直遵循的守则。

心存厚道，才能微笑着去接受生命中的痛苦与幸福，以一种超然的大度接受生命的考验。

如果你身边有厚道之友，请格外珍惜。

无用中的有用

喜欢这样的一句话："这个世界永远有风景，但只有懂得浪费人生的人才会看到。"

阿尔卑斯山路旁竖着一块标语牌，上面写着："慢慢走，欣赏啊！"

懂得"浪费"人生的人才知道慢下来，因此而欣赏到别人错过的风景。

"妈妈，我想学哲学。"

"这有什么用，能当饭吃吗？"

"妈妈，我想学书法。"

"学书法有什么用，能卖钱吗？"

"妈妈，我想出去旅行。"

"旅行有什么用？能赚到钱吗？"

从小到大，我们遇到的事物，被划分为"有用"和"无用"两类。以"钱、权、名"为标准，如果不能"最直接地出成果"，那么这些东西统统都是"无用的"，就不能把时间浪费在这些事物上。

但是，因为无用，才能有用。

有些时间，就是要用来"不务正业"的。有些时间，就是要用来浪费在"无用之事"上的。因为这样，我们可以保持自我和真我。

正因为这些"无用之事"，我们的人生才有独特的价值。

最真的爱，无可取代

喜欢一个人，不一定爱他，但爱一个人，一定是喜欢他。喜欢一个人，或许会转变为爱，但爱一个人，很难只是单纯喜欢。

喜欢，只是为了得到一个现在；爱，却要付出一个未来。

灵魂知己，可遇而不可求。

何必在乎年龄、财富、权利、颜值、学历？

若喜欢，就真心去表白，不留遗憾；若爱了，珍惜眼前，竭尽全力。

这个世界，最真的爱，无可取代。

一不做，二不休

从前，有两座山，各有一座庙，都因缺水而需要每天下山挑水。负责挑水的，一个叫一休，另一个叫二休，天天挑水碰面，就成为好友。

但两年后，只有二休挑水，不见一休。二休奇怪，就去邻庙看一休。原来，一休除每天挑水之外，还在庙里挖井，两年下来，水井掘成出水，就不用再挑水了。一休就有时间打打太极拳，够潇洒的了。

做挑水人还是挖井人，都是由自己决定的。在还没有井之前，挑水可以保证眼前所需，但如果有长远的目光，有智慧的头脑，就会想到挖一口属于自己的井。

当然，在挑水的同时去挖井，注定要比只顾挑水的人付出更多的努力。然而，当你成功地挖得一口好井，它将给你和你的一生丰厚的回报！

爱恨情仇的背后

我认识一个朋友，你只要同他谈上三句话，马上他就会把话题扯到他的前女友身上，虽然句句都是咬牙切齿的"恨"，但怎么都掩饰不了他对她无穷的思念和牵挂！

有些人不喜欢林黛玉，说她说话尖酸刻薄，到处得罪人，动不动就生闷气，回屋哭去了。

其实，黛玉这样处处留心，掐尖要强，不过是因为她没有从宝玉那里得到她想要的那句话而已。

那时的宝玉，对她虽然也是各种温存体贴，但总是处于青春的躁动期，真如黛玉所言，是见了姐姐就忘了妹妹。

而当黛玉亲耳听到宝玉当她是知己，确定自己才是宝玉愿意掬起的那一瓢，她突然就变得安宁了，柔软了，像是化茧成蝶，你看到的黛玉，再也没有跟谁起过冲突。

即便是对她的"情敌"薛宝钗，她都愿意讲最贴心的话儿了。因为她对宝玉的爱情有了信心，因为自信而强大，因为强大而通达。

懂得了黛玉，就懂了所有在爱中喜怒无常的可怜人，也懂得天天"吃醋"的人，无非是天天想见到你而已。

活着，就把人间当天堂

有人说：跳舞，像无人看着那样；热恋，像从未受伤一样；唱歌，像无人听着那样；活着，就把人间当天堂。

带着爱心，不必期待，这样全身心地投入生活，你会发现能力与乐趣接踵而来。

生命就好像镜子一样，"有趣之人"，对生活总保持着极高的投入度，以"浓烈的兴趣"全力拥抱生活、工作，生活、工作也会全力拥抱他。

"无趣之人"，用"没兴趣"把自己和生命隔绝，所以生命也躲开他。

拥抱生活的人，生活也拥抱他。远离生活的人，生活也远离他。

花半开，酒半醉

说话办事，为人处世，最难的恐怕就是如何把握分寸。凡事都有一个标准，所谓增一分则长，减一分则短，达不到标准自然不会产生良好的效果，而逾越了限度会过犹不及。

因此，事事都要讲究辩证法，无论是处理人际关系，还是工作、劳动，抑或是娱乐休闲，都需要适度。事不做尽，话不说尽，福不享尽。

花半开，酒半醉，在得意的时候懂得适可而止，可以享受到人生的真正乐趣。

经历便是财富

贫穷时渴望财富，孤寂时渴望爱情，年老时渴望青春年少，死亡前又留恋生命。

痛苦伴随欢乐，健康与疾病并行。如同有朝阳的升起，就有夕阳的落下；有天上的月圆，就有人间的月缺。

聚散离合，荣辱悲欢，在人生的舞台上轮番上演。

有一天你会发现，被你删掉的人，可能你们之间曾经有过几百页的聊天记录；街上碰见了也不打招呼的人，可能曾经同你整天腻在一起；背后把你骂得像狗一样的人，可能曾经是你最好的朋友。

身边人总不断更替，一段关系有时候断得悄声无息。

其实人都差不多，新鲜感和热情消失得很快，有人离开也会有人来。

不要太念念不忘，也不要期待有什么回响。你要从同路者中寻找同伴，而非硬拽着已准备下车的旧人一起上路。

人生苦短，要来的阻挡不了，要去的挽留不住。

在这得失之间，只要你耕耘过，播种过，浇灌过，收获多少不是成败的唯一标准。

重要的是，藏在细枝末节里那种使你痛、使你爱、使你终身难忘的一次次刻骨铭心的经历。

穷则丧志，忙则失智

穷人们缺少金钱，而忙人们缺少时间，两者内在的一致性在于，即便给穷人一笔钱，给忙得焦头烂额的人一些时间，他们也可能无法很好地利用这些资源。

在资源（钱、时间、有效信息）长期匮乏的状态下，对稀缺资源的追逐已经垄断了这些人的注意力，以致让他们忽视了更重要的因素，从而造成心理上的焦虑和资源管理上的困难。

一个穷人，为了满足生活所需，不得不精打细算，最终没有时间和精力来考虑投资和发展等事；一个过度忙碌的人，为了赶任务，不得不被紧急的任务拖累，没有时间和精力去思考长远的发展。

"穷"能使人丧志，"忙"能使人失智，若不"自救"，长此以往，有可能折损自己的生命！

弃老而取幼，家之不祥

曾国藩说："子侄除读书外，教之扫屋、抹桌凳、收粪、锄草，是极好之事，切不可以为有损架子而不为也。"

今天的父母，总想着把最好的条件给孩子，这其实是在害孩子。

成长过程中，让孩子懂得困难与艰辛，教孩子珍惜馈赠与财富，引导孩子依靠勤奋和努力，才是对孩子最好的教育。

当恨不得把全世界所有的好东西和所有的爱都给孩子时，父母忘了告诉孩子一件事：生活的艰辛，是难以想象的。

孔子曾说："弃老而取幼，家之不祥。"一个家庭如果走到这一步，宠小而不敬老，很少有幸福安乐的。

孩子是看着父母的背影而成长的，你"弃老而取幼"，他长大了也如此，这些都是你们言传身教的。

不因善小而不为

有句老话："与人方便，自己方便。"恐怕此话至今还是至简的大道。

我认识一位老总，他说几年前随团旅游，途中感冒了。在排队候车时，因感冒带来的"鼻水"不停地流，令人非常尴尬。

此时排在后面的一位少女，立刻递过来一张纸巾，一下子缓解了他的"难堪"，但"鼻水"还是不听话，擦了还继续流。少女干脆把自己的一盒纸巾全部给了他。一位素不相识的少女的关爱，令他感动。

在为别人拎一下包、递一张纸巾、扶一下门这些小事中，正是这个人的文化、修养在发挥作用。这是绅士或野蛮人的分水岭，不可小视。

如你能善小而为之，你就不愧为好人了，而且你的孩子也会模仿你，继续成为好人。

把生活的苟且过成诗歌

清风明月本无价，布衣菜饭乐终生。

清代有个女子叫芸娘，她是《浮生六记》中沈复的老婆。她和沈复促膝畅谈诗词书画，评花品月，栽培花木，烹饪菜肴，两人琴瑟和鸣，莫不静好。

芸娘是民间极平凡的女子，嫁得清贫的文人沈复为妻。在相濡以沫的二十三年中，只是数载的安逸，半生皆陪丈夫漂泊，生活很是清苦。

在那个封建礼数极严格的宅院，芸娘和沈复不被人接受，二人漂泊异地求生。冬日严寒中，衣衫单薄的沈复踏雪寻故人，借钱为芸娘看病。

在沈复的笔下，芸娘总是一抹暖色调，暖阁藏粥、熏荷花茶、借炉温酒等生活趣事，始终有温情和乐趣在流淌。她的一生不富贵，不惊世，亦无才华留世。然而，她以真实的生活、纯真的感情，留下了一份人世间最温暖、平凡的爱情。

人生处处都是经历，当你沉于生活的困苦中而不得解脱时，不妨换个方式去理解，换个态度去面对，以洒脱的心，平平淡淡的情，把生活的苟且过成诗歌。

淡泊明志，宁静致远

前些天应无锡乌克兰油画美术馆馆长的邀请，瞻仰了画家伊凡先生的个展。

伊凡的画非常新颖、独特，基本以白色为基调，以其他颜色稍加点缀，整个画面情感丰富，生动活泼。

这淡中之美，正应了中国的哲理："淡泊明志，宁静致远。"伊凡先生不仅具有娴熟的技巧，还有近似中国哲学的理念，是一位具有丰富内涵的画家！

淡淡的生活很纯。

淡淡的花很鲜。

淡淡的远山，淡淡的流水。

淡淡远去的小船。

淡而静的小街、钟楼。

淡淡的天空很高。

淡淡的友情很真。

淡淡的恋情很醉。

淡淡的忧愁很清。

淡淡的孤独很美。

伊凡先生用他那淡淡的画笔，随着那淡淡的颜色，绘出人生的佳境。

淡泊以明志，宁静以致远！

做一个令人"放心"的人

据说能叫人"放心"的人有三种品格：懂得感恩，心地善良，忠厚宽容。

一个人懂得感恩，人们才能够放心大胆地为他付出，而不必担心养出一个白眼狼。

一个人心地善良，人们才愿意与他共事，和他交往。善良是人的起点，也是判断一个人是否值得交往的基础。

一个人待人宽厚，人们在他面前感到舒心、轻松，不必时刻小心谨慎，战战兢兢，不必担心对方吹毛求疵，把自己搞得焦头烂额。

一个人做到这三点，才能让别人信任，才能得人心。

c">## 人到中年，随遇而安

c">总部设于瑞士日内瓦的联合国世界卫生组织，经过对全球人体素质和平均寿命进行测定，对年龄划分标准作出了新的规定。

该规定将人的一生分为五个年龄段：

未成年人：0 至 17 岁；

青年人：18 岁至 65 岁；

中年人：66 岁至 79 岁；

老年人：80 岁至 99 岁；

长寿老人：100 岁以上。

我一直自认为自己仅是个"中年"人，却被杜甫一句诗"人生七十古来稀"定为"老年人"，内心相当不服气，没想到竟得到当今世界权威机构的认可，而且我才刚进入"中年"没几年！

数十年的生活变迁，是平淡的生活，却堆积成一个个精彩的故事。日子在不经意间悄悄地远行，人生就在希望与失望之中完成了成熟的蜕变。

虽然人生的里程碑往后挪了挪，毕竟还是到了"中年"；秋天的后面不可避免的，是冬天的到来！

牵挂之情深似海

有人谈论友情说，从来不需要想起，因为从来都不曾忘记。

这大概就是对友情最好的诠释吧。朋友之间，由于平时彼此都忙碌，联系少，但知道你过得好，也就足够了，不需要时刻的陪伴。但当一个人需要帮助的时候，另一个人肯定会雪中送炭。

这样的朋友，有一二也就足够。

我们想在友情里找的，是一种不必刻意逞强也不心虚，不时常维系也不歉疚，不必相濡以沫却随时虚位以待的感情。

那是我们人生的休憩之处。

我们为了梦想、生活而忙忙碌碌，有事联系，没事各忙各的，越简单，越舒服。

让幸福来敲门

一个真正强大的人，不会把太多心思花在取悦别人上面。所谓圈子、资源，都只是衍生品。

最重要的是提高自己的内功。只有自己修炼好了，才会有别人来。自己是梧桐，凤凰才会来栖；自己是大海，百川才会来聚。花香自有蝶飞来。你只有到了那个层次，才会有相应的圈子，而不是倒过来。

没有人陪你走一辈子，没有人会帮你一辈子，所以你要建立强大的自我。

一个人总在仰望和羡慕着别人的幸福，一回头，却发现自己正被别人仰望和羡慕着。

其实，每个人都是幸福的。只是，你的幸福，常常在别人眼里。幸福这座山，原本就没有顶、没有头，你要学会走走停停，看看山岚，赏赏虹霓，吹吹清风，心灵在放松中得到满足。

幸福不会遗漏任何人，迟早有一天它会找到你。

千万不要被烂事纠缠

月前，写了篇文章，说有人在群中寻事生非，以此来吸引众人眼球。

没想到这一下子捅了"马蜂窝"。一些人"对号入座"，在群里开骂，还捏造一些故事来对我进行人身攻击。我即刻就退出此群。

事后一友问我：为什么退群，是不是怕了？

坦率地说，我不是怕，而是不屑。

如果一只疯狗对你低吼，你就拿着棍子追着打，那么你就和这只疯狗也差不多了。

如果大街上一个泼皮吐你一口唾沫，你就和人拼命，那么你和这泼皮也一样。

如果，当年韩信真杀了那位挡道寻衅的屠户，你说这位以后会"登坛挂帅"的"淮阴侯"值得吗？得，钻过去就钻过去吧。

"退群"可能会在群友面前造成自己懦弱的印象，但是，对于"曾经苍海"之人，根本没有必要为这些人和事费周折、争长短，更没必要去撕扯。

寒山问："世间有人谤我、欺我、辱我、笑我、轻我、贱我、恶我、骗我，该如何处之乎？"

拾得答："只需忍他、让他、由他、避他、耐他、敬他、不要理他、再待几年，你且看他。"

有个可以聊天的人真好

今夜无眠。

无聊地打开手机，通讯录中有很多好友。从头到尾翻了一遍，熟悉的容颜有不少。这个时间（凌晨3点），有几个人能让你安心和坦然地去打扰，去畅所欲言呢？

找一个能和自己聊天的人真的很难。我体会到这句话里那种深深的难以言说的滋味。

想找个什么时候都可以说话的人难，想找个什么时候都能说真话的人更难。

每个人，无论你干的事情再伟大，再轰轰烈烈，你也是一个人，一个有七情六欲的人，也希望有一个贴心贴肺、知冷知热、能深刻理解你的思想与情感的人在身边，跟你交流、沟通。这样，你就不至于孤单、寂寞。

世界太大、太复杂，变化太快，拉住一个时时刻刻、随时随地能与之聊天的人的手，你就拥有这世上无与伦比的幸福。

低头与不低头

俗话说：人在矮檐下，不得不低头。这是一种不得已的"低头"。然而适时地低头，不仅需要勇气，还需要"修养"！

这种低头是为了胜利，而不惜做出一些牺牲的勇气，是一种大智若愚的谦卑，是一种走向成功的资格。

适时地低头，是一种明智的选择。过一扇门，爬一座山，我们都需要低头。当一根棍子横扫过来，我们会自然地选择低头和放低身段，否则，受伤的一定是那个自以为是的硬汉。

懂得低头，会看清自己脚下的路；懂得低头，路边的野花会是你的鼓励；懂得低头，才能忍辱负重；懂得低头，便见水中天；懂得低头，是人生中的风度与修养。

懂得低头，也就懂得了不低头！在金钱、权贵、邪恶、困难面前，我们绝对不能屈服，绝对不能低头，否则，自己将沦陷其中，成为终生的奴隶。

成熟的人，是不会将自己撞得头破血流，而是懂得低头；成熟的人，是不会在绝望面前孤注一掷，而是选择退一步海阔天空。巧妙地低头，是一种策略，也是一种智慧。

野心成就人生

人是应该有点野心的，某种情况下，野心越大，你未来的成就就越大。

"野心"驱动一个人去拼博，但拼博还需要能力、智慧、机遇、人脉和金钱作"燃料"，而且时效性要强，"少壮不努力，老大徒伤悲"！

如果你"野心"之火尚未泯灭，真正吸取以前失败的教训，"亡羊补牢"，确定自己的人生想以什么方式度过之后，就咬紧牙关去努力吧。

如果把野心比作登山，开始尝试攀登的话，就能明白距离山顶是多么遥远。凭借自己的力量拼命攀登到一个地方后，向下俯视美妙绝伦的风景，体会到满足感和幸福感，之后你就会希望欣赏到更美的景色，获得更大的满足，从而为体味更多的幸福而不断地向上攀登。

要知道，人如果不是有意识地积极向上，凭借机缘巧合是无法度过更充实的人生的。

有"野心"的人才有辉煌的人生。

精力不可白费

时间和精力对个人来说是有限的。

无谓地浪费时间和精力的行为越早克制越好。如潜伏在微信群里抢几毛钱的红包，敏感地解读别人对自己的看法，与三观不合的无关人员撕扯，就很难干正事。

尼采在汲取知识方面，知道避开什么、抛弃什么。他不喜欢泛泛读书，不认为读书越多越好，而只挑与自己有关的书去研习。

他曾说过："我为什么这么聪明，是因为我从来没有思考过那些不是问题的问题，我没有对此浪费过精力。"拨开自恋，这是大实话。

华生说，福尔摩斯与刑侦有关的知识丰富，其他几乎是"白痴"。福尔摩斯自己说，自己的头脑犹如一间屋子，容积有限，只能装"有用"的东西，对自己"没用"的，再贵也是垃圾，统统扔出去！

感恩，一路陪伴的朋友

最好的交往，不是双方有意识地吸附与粘合，而是彼此间无意识地渗透与融入。

吸附与粘合，常常怀有目的，有些心怀鬼胎；渗透与融入，无欲无求，则是心灵最真挚的握手，是情感最纯净的需求。

在友谊的框架内，你第一个想起的人，一定是最好的朋友。当然，他若第一个想起的也是你，那么，你俩一定是两心相悦的至交。

都说"君子之交淡如水"，云淡风轻的，风倏忽间来，云恬淡着去，无欲无求。

村上春树说：你要记得那些黑暗中默默抱紧你的人，逗你笑的人，陪你彻夜聊天的人，坐车来看望你的人，陪你哭过的人，在医院陪你的人，总是以你为重的人，带着你四处游荡的人，说想念你的人。是这些人组成你生命中一点一滴的温暖，是这些温暖使你远离阴霾，是这些温暖使你成为善良的人。

感恩，一路陪伴的朋友！

有趣才是快活人生

做人，简单就好；生活，宁静就好。

王阳明说"饥来吃饭倦来眠，只此修行玄更玄"，修身养性本就是在日常生活中无心而为，顺其自然。吃饭睡觉就是修身，乐享当下就是养心。

港剧中常说"做人最重要的就是开心"，这话细细想来很有道理。人生虽苦，但做人要乐，要能享受珍惜当下时光。

"人生有酒须当醉，一滴何曾到九泉。"一个人思虑太多，就会失去做人的乐趣。

看清生活的本质就是平淡，那自己就会拥有平和的心态。当你用一个欣赏的心态去发现生活中的美的时候，你就会看到新生的枝叶焕发着生机，盛开的花朵散发着清香，蓝天上的云朵也是变换的图画，清风下的小草似乎也会舞蹈……你还会有烦恼吗？没有抱怨、没有烦恼，用乐观的心态看待一切，一切都顺其自然，你就是一个脱离了低级趣味的人，一个脱俗的人。

很多人时常感叹生活无聊乏味，根本感受不到乐趣，那是因为，他自己已经变成一个不懂得感受趣味、寻找乐趣的人。

没钱时，觉得生活无趣，有了钱，有车有房，还是觉得无趣，欲望越多，越是贪婪，越是得不到满足。

在繁复的世界和焦虑的内心之下，如何活得轻松有趣而不是不务正业，是一种常人难以企及的洒脱和智慧。

对物质也好，对爱情也罢，有你，我可以坐拥天下，没你，我的世界依然伟大……

将聊天的浪漫进行到底

　　找一个能聊天会聊天的伴侣，是一件幸福的事情。当两个人老了，孩子离开身边，和身边的老伴儿聊聊天喝喝茶，现在畅想一下，就会觉得很甜蜜。

　　但现实是，很多人都还年轻，却已经是一人捧一个手机，刷屏，玩游戏，将时间花在虚拟世界里，而不是身边人的身上。

　　我一朋友到画室聊到他90后的女儿，说她已经结婚两年多了，和只相差三岁的先生从网上相知相识，聊得"热火朝天"，见面约看电影就"拉手"，吃饭喝点小酒就"开房"。虽然男方"经济条件"差一点，但感觉人还"老实"，而且女儿年龄已不小了，于是一月不到就"闪婚"。

　　现在外孙女才一岁多，他们却已经到了无话可谈的地步了。

　　女婿一下班不是玩"游戏"就是同他的群友瞎侃，把自己的妻子和才一岁多的孩子视若无物，完全沉浸在自己的世界里。

　　女儿在餐桌上想和女婿聊点家常，也很难把他的眼神从手机上挪开，女儿看着他低头傻笑的样子，除了摇头流泪之外真无语了。

女儿忍无可忍，已回娘家三个多月了。

记得网上有人问："一段感情，从无话不说，到无话可说；从秒回你的信息，到最后的冰冷不语，你们花了多久走到这一步？"

网友的答案中，半年到一年左右的人，竟然占了多数。

当爱情过了蜜月期，激情褪去，琐碎的现实生活扑面而来，两个人有没有话说，会不会沟通，直接决定了感情生活的质量。

表面上是90后的问题，环望周围，70后、80后其实也有同样的问题。

心灵的沟通不是大起大落的潮汐，而是涓涓细流，看似平静，却一直滋润着甜蜜的爱情。

放下手机，双方多聊聊，将聊天的浪漫进行到底！

人生岂能将就

有人说：如果世界上曾经有那个人出现过，其他人都会变成将就。我不愿意将就。

如果你对感情凑合，那未来的一生，你将面对心如死灰般的婚姻，那将成为你终生的遗憾。

为了让你早早结婚，我们总是会听到长辈们如此劝你：跟谁过都是过日子，而且即便再爱的人也会有矛盾和冲突；再说实在一点儿，晚上灯一关，你睁一只眼闭一只眼，结果不也是一样的吗？

可当婚后再来领悟这番话时，你才发现这番话其实毫无道理。

也许跟谁都是过日子，可是跟喜欢的人在一起，无论做什么事，遇到什么困难，即便粗茶淡饭，你也是乐意的、欢喜的、愉悦的。而这样的心情和感觉，你用再多凑合的东西，也换不来。

就如微博上有人曾说，你可以勉强穿一件你不喜欢的衣服，也可以勉强交一个你不喜欢的朋友，可感情是一辈子的事，得需要自己舒服才可以。

愿我们能过上最热爱、最渴望、最无悔的生活，而不是将独一无二的人生输在了"凑合"二字上。

精彩人生，岂能将就？

择梧桐而栖，选良友相处

网络上流行过一句话："你朋友圈的平均水平，就是你的水平。"

所以人们才说："和什么样的人在一起，就会有什么样的人生。和勤奋的人在一起，你不会懒惰；和积极的人在一起，你不会消沉；与智者同行，你会与众不同；与高人为伍，你能登上巅峰。"

古话说："物以类聚，人以群分。""近朱者赤，近墨者黑。"稍微细心一点，你就会发现：在现实生活中，医生的朋友，通常也是医生；出租车司机的朋友，通常也是出租车司机；当老板的人，他们的朋友通常也是老板；亿万富翁的朋友，通常也是亿万富翁。

人是社会性动物，人际交往是每个人都无法避开的话题。

但是你握有选择的权利，你需要做的就是观察身边的环境，然后去寻找他们。

古人说："善人同处，则日闻嘉训；恶人从游，则日生邪情。"

学会辨识身边的人，可以让我们变成更好的自己。

哲学与"商道"

我是 1997 年到无锡的，一晃二十多年了。初来乍到，无锡招商局的一位负责人，邀请我们到太湖之滨的"三山"去，行到"天街"，特地让我们去看了一座很大的石刻的铜钱。钱眼是空的，可以伸手进去，下面写着八个大字："君子好财，取之有道!"

古人说："道可道，非常道。"在现代汉语中，"道路"是一个固有名词，而古人，往往把看得见的路称为"路"，看不见的路称为"道"。

当然也有不尽然的地方，如屈原说路漫漫而上下求索，求索的是超现实的探求真理、人生之道。

现在科技很发达，对现实中的路感到迷惘，不知何去何从的"路痴"，用 GPS（全球定位系统）就可以干净利落地解决。

而对于看不见的路，如世界观、人生观、价值观等"大道"，就有不少人常在十字路口迷茫，而且还有不少人会误入歧途，走进了"歪门邪道"。

写字的人把自己的禀性、人生感悟融进"字"里，这叫"书道"；插花的人把自己的审美意识、艺术取向融进作品里，这叫"花道"；泡茶、品茶的人，把自己的精神世界、禅意、淡泊、宁静从茶室、茶器、煮水、冲茶、品茶以及焚香、鸣琴中体现，这是"茶道"；而"君子好财，取之有道"即是"商道"。

所谓"君子好财"，前提是"君子"。"君子"是指有道德、有修养、能自律、有诚信的品行高尚的人。这样的人去经商、去办企业、去赚钱，才可能"取之有道"。

不用讳言，"经商""办企业"的目的就是为了赚钱，但不能为了赚钱而不择手段，必须遵守一定的游戏规则，必须"上道"！

所谓商道，就是经商的套路，它由遵纪守法、诚信守约、惠民互利、合作共赢、卫生环保等规则构成。

怎样在这样的"游戏规则"里赚到钱？这"商道"又将如何走？这是由老板的"三观"及企业文化、公司理念这些属于"哲学"范畴的意识形态决定的。

哲学在"商道"中有举足轻重的地位，它不仅决定了你的方向，也决定了你的方法。

龟兔赛跑的启示

俗话说："心急吃不了热豆腐。"这就是告诉大家，要做成一件事，光着急是没用的，否则会叫你难以下咽。"拔苗助长"的结果，只会彻底地毁掉一田禾苗，不可能有秋收的希望。

世界上真的值得我们奋力去完成的事，通常都没有那么容易。

现在有些人太浮躁，"急功近利"，什么都想"短、平、快"。其实，太快得到的东西，也很容易消失，不论是爱情、金钱、事业、学业……都是如此。而慢慢得到的东西，总会渐渐浸透你的生活，谁也夺不走。

这就是龟兔赛跑对我的启示。对于像我这样一些天分不高又不爱悬梁刺股去完成某件事的人来说，最适合使用乌龟的走法：只要慢慢地爬，每天朝目标接近一点，总有一天会抵达的。

很多东西是无法快速得到的，这就需要意志力，一步一个脚印，艰苦跋涉，锲而不舍。

性急的人通常没有意志力。要知道"速成的也速败"。保证一分钟就能成功的，就像那种保证你"不费吹灰之力就能稳定获利"的承诺一样，大多是诈骗集团为你设的"局"。

如果你做一件事的动力和目标都很清楚，那么只要找出一个明确时间，就可以动手去实施了。"拖延"是意志力最大的敌人。牙根一咬，现在就开始吧！

"不怕慢，只怕站"，不要半途而废，要有不登上泰山绝顶誓不罢休的决心和勇气！

做"靠谱"的人，做"靠谱"的事

一个人靠不靠谱，其实就看这三点：凡事有交代，件件有着落，事事有回音。

靠谱的人不仅是人品好的人，还是一个守时的人，一个言行一致、表里如一的人，一个信守承诺而有"契约精神"的人，一个有担当、有责任感的人，一个有主意、做事有计划、分得清主次、动作干练、执行力强的人，一个亲和力强、能团结和调动团队力量的人。……总之一句话，一个做什么都叫你放心的人。

和有智慧的人交流，和情商高的人谈恋爱，和靠谱的人共事，和幽默风趣的人同行。

人生若能如此，风景无限好。

婚姻不能凑合

一个刚从婚介所回来的人到我画室感慨地说：要找到一个自己真正合适的伴侣是一件很困难的事情。

身边有些人，都是相亲相到累了，选择一个还算顺眼的，就结婚了。

结婚和生子，是终身大事，如果没有完成，就代表你的人生是不圆满的，是不幸福的。家人的说辞也惊人地一致："合适的时间做合适的事"，"做人不要太挑了"，"工作再好有什么用，做人一辈子总是要结婚的"。

身边的人结了又离，离了又结，我们都见怪不怪。余生苦短，若不能与心灵相通、情投意合的人共度，真还不如一个人逍遥快活。

据说，数学上有种解题方法叫"分类讨论"，爱情也并非千篇一律。

遇到了对的那个人的你，不要鼓励身边的人走入婚姻；恋爱遭遇劈腿的你，也不要因为自己被爱伤害，劝诫身边的人全部单身。

暂时还没有做好结婚准备的人，要习惯一个人点外卖，一个人看电影，一个人旅行，一个人去医院看病……

最重要的，找到让自己快乐的事情，不要让自己变成无聊的人。内心充实，就不会想东想西，浮躁焦虑。

每个人都是独立的个体，很多事都要自己去面对和解决。找到同伴是幸运，找不到是常态，这不是一场必须两个人共同去冲锋的战斗，而是你自己成全自己的博弈。

对于唾手可得的东西，别着急拿到手，好好品味向往和牵挂；对于不属于自己的东西，不要过于执着，人生遗憾那么多，洒脱也是解脱。

愿你能得一心中人，白首不相离；若无至爱，也不惧怕孤独一生。

五官难敌三观

前段时间网上有个《95后婚恋观的调查结果》。

关于"最看重伴侣什么条件"的选择，"三观一致"居然排第一名，而"经济条件"只排五项中的倒数第二。

看来越来越多的年轻人在择偶时，不再看重物质条件，五官也难居首位，而是更看重精神上的三观契合。

所谓三观，就是世界观、人生观、价值观，简单地说，就是我们看待事物的立场与观点。

世界观：你是怎么看待这个世界的？

人生观：你觉得人活着是为了什么？

价值观：你认为做什么是最有意义的？

这世上人与人之间最遥远的距离，不是生与死，而是三观不合。

一个人三观的形成，受到家庭、学校、社会等多方面的影响。

然而最多的，还是来自父母的耳濡目染。一个人的三观受他的原生家庭影响非常大。

物以类聚，人以群分。道不同，不相为谋。三观不合的两个人，即使在同一屋檐下，距离这么近，心却那么远。两个人相处，三观契合太重要了。

盛年不重来，一日难再晨

"千金散尽还复来"，但"光阴逝去不复返"，当然不仅仅是时间，还有生命，有时还有"机遇"，"邂逅"的人和事，错过了，没把握住，也就永远地失去了！

汉乐府《长歌行》有这样的诗句："百川东到海，何时复西归？少壮不努力，老大徒伤悲。"晋朝陶渊明说："盛年不重来，一日难再晨。及时当勉励，岁月不待人。"

鲁迅成功的一条重要经验就是珍惜时间。他说，时间就像海绵里的水，只要挤，总是有的。爱迪生一生只上过三个月的小学，长大后成为举世闻名的发明大王。他常对助手说，人生太短暂了，要多想办法，用极少的时间办更多的事情。

据说《金缕衣》是一首杜秋娘喜欢为唐宪宗反复吟唱的诗："劝君莫惜金缕衣，劝君惜取少年时。花开堪折直须折，莫待无花空折枝。"

诗的含义比较单纯，可以用"既拥有就当趁大好时光尽情享受"来概括。诗的字面意思简单易懂：劝你不要顾惜华贵的金缕衣，劝你一定要珍惜青春少年时；花开宜折的时候就要抓紧去摘啊，不要等到花谢时只折了个空枝。

机会不容错过，时光不会倒流，不要放弃转瞬即逝的机会，不要蹉跎光阴，也不要蹉跎自己！

芳草如斯，何不回头

俗话说："好马不吃回头草"，其实"好马"也会误判，以为前面的草可能会比后面的草味美可口（没有得到的，总以为是最好的），结果走到前面，一尝，"苦涩"无比，远不及以前拥有的"甘甜"。既是"好马"，又何必矫情，芳草如斯，为什么不肯回头？

有很多"游子"，厌恶了家乡的"穷山恶水"，背井离乡，闯荡江湖，数十年后，有的事业有成，有的依然"孑然一身"，到了迟暮之年，不管是"衣锦还乡"或是"叶落归根"，这颗"游荡"的心，往往第一个想到的就是自己的家乡，自己的亲人，甚至邻里乡亲。

爱情也是一样，到了一大把年纪，常常忘不了的，基本是青梅竹马两小无猜的青涩初恋。

有时就是这样，拥有时不知珍惜，失去了才发现他（她）原来是最好的！

浪子回头金不换，不要计较旁人的眼光与非议，不要以"好马不吃回头草"来束缚了你的手脚和灵魂。

芳草如斯，何不回头？

埋怨误己误人，实干方能成功

人天生有一种负面行为，就是抱怨，对于身边不满意的事情，就要"怼"个痛快。

于是公司里永远不乏一种人，仿佛全世界就他一个人发现了同事不行、待遇太差，总是絮絮叨叨，见到人就说公司存在的种种问题。

夫妻相互抱怨，能永久恩爱吗？儿女对父母抱怨，父母会心甘情愿付出爱吗？下属对上司抱怨，上司会欣赏这样的人吗？

你抱怨人家一分，别人回给你的可能是加倍的排斥。合伙人本来是共同打拼的，但你总抱怨对方的不足，难道对方就会满意、钦佩你吗？

所谓"敬人者，人恒敬之"，类推一下，"怨人者，人恒怨之"。"管鲍之交"就是说鲍叔牙不介意管仲，在钱财、事业上没有半句怨言，所以两人才能相知相惜，才会有好的结果。

20岁前的人生是父母给的，20岁后的人生是自己给的。在人生的旅途中，我们唯一可以抱怨的，是不够努力的自己。

爱说是人的天性。

踏实做事才是本事。

知人，但不妄评

在人世间，最贴心的一句话永远是：我懂你。

对待他人，无论是所爱的人还是萍水相逢的人，我们需要的是"同情的理解"，只是等待时间为我们展露真相。

如果没有勇气解剖自己，我们随便说出的评论，只能伤人而不利己，最后剩下恶毒之名。

因此，知人但不随便评论人，既保护了他人，其实最后也保护了自己。

轻易论断他人，无论是真心还是假意，很多时候都化成了伤害对方的利剑。

别人无车无房，你说因为他穷。

别人作息有规律，生活简单，你说人家单调乏味，毫无情趣。

妄议他人的家庭与幸福，妄评他人的美丑，挑剔别人的衣服……

知人识人，已经很难。然而更难的是，在知人之后管住自己的嘴，不对他人的生活妄加评论，横加干涉。

管好自己的嘴，不乱言也不多言，是有教养的体现。在与人相处时，一定要注意自己的言行。谨言慎行，可以减少不必要的麻烦。

精神富养与自讨苦吃

我们会发现一个奇怪的现象：一个家庭如果有好几个兄弟姐妹，假如上面有姐姐，最后一个是弟弟的话，这个弟弟大多是吃不得苦、受不得累的。

因为从小有爹妈疼着，遇事有姐姐罩着。很多父母中年得子，愈发珍惜，视为掌上明珠，稍不留神，父母爱的天平就朝小的那个倾斜了。

很多的父母是不想让孩子吃一点苦的。自己省吃俭用惯着孩子，结果把自己的人生全部让孩子给绑住了。

太多的家长将"富养"理解为"砸钱"，他们把"富养"直接简化为"用钱堆积"了。

其实，我们所需要的"富养"不是物质，而是精神。

古人说："苦其心志，劳其筋骨，……行拂乱其所为，所以动心忍性，曾益其所不能。"

大意是：使他的内心痛苦，使他的筋骨劳累，使他所做的事不能轻易如愿，通过这逆境的磨砺，使他的性格坚定，增加他不具备的才能。

而现在的家长，正好相反。

他们对待孩子：悦其心志，只求孩子开心；舒其筋骨，生怕孩子累着；事事顺其所为，遂其所愿。

所以，孩子因宠而娇，缺乏忍耐。如此，遇事有各种冲动之举也就不足为怪了。

娇惯了的孩子缺乏自制力和独立生活的能力，长大后会很难适应社会，免不了要吃亏走弯路。孩子长大了，早晚要离开父母去自闯一片天地。与其让他们那时面对挫折惶恐无助，不如让他们从小就多吃些苦，摔打出直面人生的能力。

你不让孩子吃苦，这个世界会让他吃苦！

为人父母，不仅仅要让孩子感受到你的支持和无条件的爱，更要有为之人生规划长远的智慧。

要知爱需要自由的空气，需要放手的勇气。

而且，"砸钱"不等于"富养"，物质的满足只是最基础的保障，而精神的"富养"才会让孩子在成年之后，成为一个对于生活没有焦虑、对于未来抱有理想、对于困难勇于挑战、对于世界充满善意的人。

话不投机半句多

有本书叫《你永远都无法叫醒一个装睡的人》，同理，你也永远无法说通一个态度有问题的人。

扁鹊多次拜见蔡桓公："大王，你这病再不治，会日益严重。"

蔡桓公对医生心存偏见，认为医生都喜欢成天给没病的人治病，用这种方法来证明自己的医术。所以，他不以为然地回答："我没病，不用你医治。"

扁鹊就这么三番五次地劝说，每次都是徒劳。

结果，蔡桓公"病入膏肓"，不治而亡。

其实，对于天生防卫心强或个性冷淡的人，只需有礼地说清楚该说的话就可以了。

真正的沟通也并非在于语言，而在于彼此的态度。与一个人交谈时，态度有问题，或根本就不在一个频道上，如鸡同鸭讲，就真的没必要与之费口舌，浪费时间。

因此，有人说："常与同好争高下，不与傻瓜论短长。"

熬得住，成功；熬不过，出局

伟大都是熬出来的。

为什么？因为吃得苦中苦，方为人上人。因为梅花香自苦寒来，宝剑锋从磨砺出。

纵观历史，姜太公熬得住，终于等到了周文王；越王勾践熬得住，终于成为一代霸主；司马迁熬得住，终于完成了旷世巨著《史记》。西汉名臣韩安国曾经历漫长的牢狱之灾，饱受狱卒欺凌，就这样熬着磨练性子，等官复原职的那天，终于凭借脱胎换骨的外柔内刚性情，步步为营，稳居高位，得以善终。

曾国藩在给儿子的一封家书中写道："余于凡事皆用困知勉行功夫，尔不可求名太骤，求效太捷也。……困时切莫间断，熬过此关，便可少进。再进再困，再熬再奋，自有亨通精进之日。不特习字，凡事皆有极困难之时，打得通的，便是好汉。"

曾国藩给我们指明了做事的方法，那就是熬：不断精进，一步步走，不要急躁，要慢慢熬！

一个不会游泳的人，老换游泳池是不能解决问题的；

一个不会做事的人，老换工作是解决不了自己能力问题的；

一个不懂经营爱情的人，老换男女朋友是解决不了问题的；

一个不懂经营家庭的人，怎么换爱人都解决不了问题的；

一个不懂职场伦理的人，绝对不会持续成功的；

一个不懂正确养生的人，药吃得再多，医院设备再好，都是解决不了问题的。

人生总有一些不如意的事，关键在于熬。熬，是能量积蓄；熬，是生命升华。有些人熬着熬着，成功了；有些人熬着熬着，消失了。

熬得住，成功；熬不过，出局！

无价值的忙=穷忙

日本有句俗话"穷人无闲"，也就是中国人说的"穷忙"。

日本经济学家门仓贵史对"穷忙族"有个定义：每天繁忙地工作却依然不能过上富裕生活的人。

每天埋头苦干，想着一夜暴富走上人生巅峰，却发现囊中羞涩；计划着升职加薪，工作了几年，依然在原岗位上毫无建树；想着干一番大事业，却总是忙不完手里的任务……

有人就说了，最怕你碌碌无为，还说平凡可贵。很多职场人士一接触到"穷忙"这个词，就自觉站队，说自己比"劳模"还忙，却比"月光"还穷。

很多人都在忙，却不知为何而忙。这种没有规划的忙，也就是所谓的瞎忙，是在虚度光阴。

每个人都有自己的天赋，要忙得有价值，就先要找到自己的兴趣所在，知道自己的天赋在哪里。在此基础上，忙碌才会事半功倍，更有价值。

只有站在最适合自己的位置，确定自己的目标，找到合适的方法，你的忙才不是一场白忙。

"穷忙"的人普遍都在瞎忙，因此每个人都要从自身的实际情况出发，明确适合自己以及自己最想达到的目标。

而且，别以"忙"为借口，忽视自我投资，放弃一切可以锻炼自己的机会。说要减肥，就去跑步，去健身房锻炼；工作以外，忙中抽闲去学习新技能、硬本领，过程可能很辛苦，但结果一定不会让你失望。

闲，要有滋味；忙，要有价值。

良言一句三春暖，恶语伤人六月寒

你有没有这样的经历，明明很爱你的家人，有时却是控制不住用语言暴力伤害他们，同时忍受着来自他们语言暴力的伤害。

明明是想关心丈夫，让他晚上早点回家，早点睡觉，结果脱口而出的是："你个死鬼，每天晚上这么迟回来，怎么不干脆不回来了？"

明明是想鼓励孩子继续努力学习，到了嘴边却是："你再不好好学习，将来就跟你爸一样没出息。"这会儿伤害的不仅仅是儿子，连丈夫也被伤害了。

明明很相爱，最终却因为不妥当的表达方式，弄得经常吵架，并且在无限循环的吵架怪圈中，蒙蔽了自己对爱的感知能力。

有时候，言语上的指责、否定、说教，随意出口的评价和结论，会给人带来情感上和精神上的创伤，甚至比肉体的伤害更加令人痛苦。

而非暴力的沟通方式，可以转变我们谈话和聆听的方式。与亲密的人交流时，我们不再条件反射式地反应，而是去明了自己的观察、感受和需要，有意识地使用语言来表达自己的请求。

近来一周，每晚妈妈回到家，都发现儿子在打游戏，而作业还有三分之二没做完，于是忍不住对儿子咆哮:"你个不上进的东西,作业不做,整天就知道玩游戏,你怎么不干脆书也别读了,辍学在家玩个够。"

看吧,类似的对话,是不是很常见?

如果这位妈妈能换个方式来进行表达,会有什么样的效果呢?

"儿子,妈妈看到你最近一段时间,每天作业没做完就在玩游戏,妈妈很不高兴,我希望你能少花一点时间在游戏上,好好读书,将来才能更有出息。你以后能不能先认真把作业做完,如果还有时间,再玩一会儿游戏呢?"

如果换这样的表达方式,你的孩子虽然不见得就会完全按照你的意愿来行事,但至少不会因为严厉的批评而产生逆反心理,甚至跟你吵架。

这样,在每一次的交流中,我们便能避免吵架,与相爱的人更加相爱。

爱情婚姻的理性之路

一个人从表到里，可以分为五个层次：外貌、能力、脾气、品格、心性。对应的品质同样是五个层次：颜值、才华、性格、人品、慈悲。细细品味，这五个层次，既是身处世间的识人之法，又是涵养内心的修行之途。

依此逻辑，可推出爱情婚姻的理性之路：

始于颜值，敬于才华，合于性格，久于人品，终于慈悲。

往往"一见钟情"都是"始于颜值"，"敬于才华"；"合于性格"又促使彼此走进婚姻的殿堂。

然而最考验婚姻的，正是"久于人品"，决定是否白头偕老的又是"终于慈悲"！

前些天看到一段温暖的小故事，献给所有深爱彼此的恋人爱人们。

每天柴米油盐，免不了有磕磕碰碰，人人都说冲动是魔鬼，在当两个人吵架时，谁又能不冲动呢？

看看下面这位丈夫冲动时说了什么。

妻子说："我们离婚吧，这日子没法过了！"

丈夫也咆哮了："不过就不过，离就离，谁不离谁是孙子！房给你，车给你，儿子也给你！但你能不能请我当保姆？你去哪里我也去哪里！"

妻子刚喝进去的水喷了一地！

然后就走了。

丈夫问："婆娘，你去哪里？"

妻子没好气地回答："去买菜，做你爱吃的炒西红柿！"

丈夫说："我陪你！"

妻子问丈夫："为什么每次吵架都要让着我呀？"

丈夫："我高一米七，你高一米六，跟你讲话的时候我不得先低头吗？"

爱要理解和包容，这样的男人，再刁蛮的小公主也不愿意和他离婚的！

行善的智慧

"人之初，性本善"，慈善是做人的良知。因每个人心里都有善良，在别人遇到危难的时候，都会心存不忍，想要去帮一把。

由于江湖过于险恶，有时如果你的善行只是因自己心中的"不忍"，而实际又没有能力去真正地改善别人的处境时，这种"小善"，还是不做为好，不然反而容易让对方陷入新的危险之中。

在很多地方，人们看到街上的残疾小孩难免会善心发作，施舍一些银钱，这是举手之劳，但是不能在根本上解决这些小孩的生计问题，而且，更糟糕的是，一些犯罪团伙利用人们的善心，去绑架、伤害一些健康的孩子，让他们变成残疾，然后逼迫他们上街去乞讨。这一点"举手之劳"的善良，反而造成了更多孩子的悲剧。

一些人有购买动物然后放生的习惯，目的是为了救助那些将要被杀或濒死的动物。但是实际上，正是因为他们的购买，反而带来了更多的捕猎和杀戮；正是这些人的做法，促进了非法捕猎的发展，造成了那些动物的灾难。

从前有一个人，小时经常偷鸡摸狗，或偶尔同一些"不良少年"去抢劫路人，当被人抓住扭送到家，溺爱他的母亲总是"心慈手软"，常常花钱帮他搞定！

由于偷盗成性，而且每每都有"善良慈爱"的母亲替他渡过劫难，所以有恃无恐。

长大成人后，他成为当地有名的江洋大盗，最后被官府围剿，被抓入死牢。被判"秋后问斩"之后，他才真正地开始回味自己的人生：他认为，如果自己的母亲当时能"防微杜渐"，不因慈爱偏袒而是严加管教的话，自己也不至于落到今天"自作孽，天地不容"的境地。

最后在临刑时，他谎称死前要吃一口母亲的奶，在刑场上悲愤地咬掉了自己母亲的乳头……

人有感性与理性。善念属于感性，但是行善却一定要理性。

只凭着感性去行善，完全不顾及这样的善良到底会给对方带来什么样的结果，这样的善良就只是在满足自己的私欲，有可能被人利用，反而做出"为虎作伥"的"恶行"，这就是我们所说的"小善如大恶"。

真正的善良，一定要有智慧。人们既要洞悉世相人心，又需明白自然天地法则，要确认行为的合法性、正当性，只有这样，善行才能合乎天道，不违背自然而又能帮助别人摆脱困境。这样的善良才是真正的善良。

赞美使人轻松

一个人心地再好，如果嘴巴不好，也不能算是好人。言语谨慎是十分必要的。一个人总是滔滔不绝地讲话，说得多了，话里自然而然便会暴露出很多问题。

知人不必言尽，留三分余地与人，留些口德与己。

责人不必苛尽，留三分余地与人，留些肚量与己。

才能不必傲尽，留三分余地与人，留些内涵与己。

锋芒不必露尽，留三分余地与人，留些深敛与己。

有功不必邀尽，留三分余地与人，留些谦让与己。

得理不必抢尽，留三分余地与人，留些宽和与己。

你想要彩虹，就得宽容雨点，如果雨点滴到身上的那一刻便勃然大怒，又怎么能在彩虹出现的时候以怡然自得的心情去观赏那美丽的风景呢？

与讥谤相反的是赞美。赞美是一种良好的修养和明智的行为。诗人布莱克曾经说过："赞美使人轻松。"

嘴巴说好话，赞美他人，心存好心，就会发射出好的磁场，得到的也将是好的回报。

如果彼此对对方都能"美言"几句，这世界会有多美好，所谓赠人玫瑰，手有余香；反之，嘴有多贱，命就有多贱！

知行合一无捷径

王阳明认为：想，都是问题；做，才是答案。

正所谓，吃了梨子才知是酸是甜，穿上鞋子才知哪里夹脚。

只有先行动起来，才能发现有哪些问题，边行动边思考，只有这样，才能不断前进。

一位立志在40岁非成为亿万富翁不可的先生，在35岁的时候，发现这样的愿望根本达不到，于是放弃体制内的工作开始下海创业，希望能一夜致富。五年间他开过旅行社、咖啡店，还有花店，可惜每次创业都失败了，陷家庭于绝境之中。

我还认识另外一位朋友，她曾拜行内大佬为师，但并未下功夫在这位大佬身上学到应有的知识，而是指望利用大佬的声望助自己走向"发财"之路。虽然得益于那位"大佬"的面子，得到很多业内人的帮助，但毕竟自己的"翅膀"不硬，难以腾飞，举步维艰。

所谓有赚一亿的欲望，却只有一天的耐心！志大才疏，急于求成，是其特点。

俗话说，一口吃不成个大胖子。万事万物都是一点点积累起来的，要想做到知行合一，就一定要注意循序渐进。

就像上面二例，不学不做或只做不学是行不通的！

虽然每个人的潜能都是无限的，但是要做事，得脚踏实地，一步一步来。只有专心致志地做一件事，才能让自己不断有新的领悟。

要想获得成功，都离不开知行合一的智慧。

知、行是对立统一的两个侧面，不可或缺而又相互支撑，只要掌握了知行合一的方法，我们才能在庞杂的工作和学习中做到有条不紊，游刃有余，实现自己的目标和理想。

不要哪壶不开提哪壶

对于刚刚经历痛苦的人而言，最开始的时光是最艰难的。他们不仅要学会承受痛苦，学会治愈自己，还要承受突然之间到来的众多的关注和同情。

而这种关注和同情，不仅不能起到任何抚慰作用，还会通过"格外强调"和"反复询问"，将他们推送到舆论的中心，放大伤痛，让受伤的人更加难过。

我们可以崇拜在经历痛苦后浴火重生的人，也可以从他们的坚强中汲取自己的成长力量，但是我们不可以消费别人的痛苦。

否则，无论你的目的是鞭挞人性还是宣扬正义，任何无关痛痒的义愤填膺，都只能是"不需要深度，只表达态度"的个人作秀。

不触碰别人的伤口，不要哪壶不开提哪壶，不要拿他人的痛处当谈资，这才是我们最大的善意。

手指受了伤，为了消毒，会浸泡一下盐水，但是谁也不会长时间把手指浸泡在盐水里。因为伤口愈合靠的是自己的力量，时间久了，盐水反而会影响手指的自愈。

每个人都有一根受伤的手指，它是每个人最隐秘的内心世界。无论你多么善解人意，也无法理解别人最隐秘的痛苦。无论你多么强大，也无法抚平别人最难挨的悲伤。

所以，轻易不要触碰"雷区"，你没有资格"帮助"别人认识痛苦，感受悲伤。

每个人的人生经历不同，生活阅历不同，处理问题的方式方法不同，别把你的固有观点强加在别人身上。

你遇事号啕大哭，别人可能是处变不惊。给别人留有一定的空间，别喋喋不休，别指手画脚。

把不简单的生活简单地过

人生之玄妙，人生之繁杂，人生之迷离，众生在世海颠簸，在尘世跌宕，情伤心悲，迷茫，忧怨，皆因不懂以简御繁，以简消繁。事繁，则厌；情繁，则怨；心繁，则乱！

登峰造极者，皆如神似圣，其心皆明，其灵皆透，其情皆淡，已臻超然脱俗之境。

人之初，皆渴望波澜壮阔，却一生一潭死水；皆期盼出人头地，却一生庸庸碌碌；皆梦想叱咤风云，却一生气喘吁吁。

境界高者，衣虽简朴，穿不奢华，却如日在天，光亮无限，犹月在空，铺洒人间。何曾见过日月装扮自己？

境界高者，饮虽粗茶，食虽淡饭，然饮似吸露，食若餐丹，悠然如神仙，谁可曾见过神之豪饮、圣之狂食？

境界高者，言不高声，行不张扬，不露声色，不惹人目，却稳健浑厚，无人能胜之，无事能阻之，一路畅通。

境界高者，皆悠闲平静，不急不躁，如清风，虽无形，却徐徐怡人，似细雨，虽微声，却幽幽醉人。

境界高者，从不炫耀，总是平平常常，简简单单，安安静静，因为他内心强大，从不自卑，故无需炫耀。

境界高者，阅尽了人生，看透了世事，早已厌倦了奢华，看透了喧闹，返璞归真，回归自然，在山水中净化自己，在草木间陶醉自己。

境界高者，早已不在乎他人的态度，他人的评价，他人的认可，而是活在自己的世界里，享受清淡，享受简单，享受安静。

水墨之妙境，在于简单，给人想象的余地；雕刻之妙境，在于简洁，给人联想的空间。

人生就是一个"简—繁—简"的过程：少年简单，故觉得世界美好；中年复繁，故觉得尘世烦恼；老年回归简单，故觉得生活安静。

大道至简。简到极致，便是大智。简到极致，便是大美。

简，即是舍。不舍则不得，不简则必杂。你的生活有多简单，你的生活就有多美好。

生活不简单，尽量简单过。

时间就是一颗药，你掌握好了它便是解药，你肆意挥霍它便是毒药。

不喧，不吵，静静地守着岁月；不怨，不悔，淡淡地对待自己。

别紧张，深呼吸，坚持住，扛过去。

人生最困难的不是努力，也不是奋斗，而是做出正确的抉择。别放弃，一步一步走下去，别让机会从眼前溜走。

当你能够忘记你的过去，看重你的现在，正视你的未来时，你就站在了生活的最高处。

当你明白成功不会使你显赫，失败不会击垮你，平淡不会淹没你时，你就站在了生命的最高处。

当你修炼到足以包容所有生活的不快，专注于自身的责任而不是利益时，你就站在了精神的最高处。

有修养的人没脾气

杜月笙这个人，不是读书人出身，却有一种温文儒雅、老老实实的神态，看起来弱不禁风，却有包容三教九流的本事。

他认为：

头等人，有本事，没脾气；

二等人，有本事，有脾气；

末等人，没本事，大脾气。

头等人所谓没有脾气就是说不随便发怒，不为情绪所迁。二等人，就是普通一般人，古今中外都一样的。

每个人都有自己的脾气秉性，有的人生性平和，有的人直率豪放，也有的人刚正不阿。

但不管如何，都要学会把握和控制，千万别让你的脾气害了你，那样得不偿失。

因为，在你的脾气里，隐藏着你的修养。脾气是外现的，修养是内在的。生活中，一个无法控制自己情绪且爱发脾气的人，其实就是修养不够。

脾气泄露了我们的修养。有些蛮横的人，总以为向别人发了脾气就能解决问题，但实际上脾气大的人，本事往往都不大，正因为本事不大，所以才企图通过发脾气把对方震慑住。

一个人的修养关键在于控制自己的情绪，有一个好脾气，要知道坏脾气并不能解决实际问题。

汉初，张良在桥上遇到一个穿粗布衣裳的老人。那老人走到张良面前，直接把一只鞋子丢到桥下，然后对张良说："喂！小伙子！你替我去把鞋捡起来！"张良心里直冒火，但看到老人年纪很大，便忍住了。他下桥把鞋捡了起来，然后又恭敬地替老人穿上。这样反复三次。

老人伸脚穿好鞋，然后笑着说"孺子可教"，送张良一本兵法就走了。张良研读兵法很有成效，后来成了刘邦的重要谋士，为建立汉朝立下了汗马功劳。

一个人的修养体现在很多方面。修养既不是学历高又不是姿态高，而是与人交往，和颜悦色，待人接物，和蔼可亲，为人处世，宽仁厚德。

有修养的人总会给别人留退路，不会用嗓门压人，他们会用一种轻松、调侃的方式，化戾气为祥和，化危机为生机。

川上晨雨

十年内战

有个朋友，结婚 20 多年了，看到很多人下海赚了钱，一咬牙，辞了公职，一"猛子"钻进了商海，没想到以前看到的那些人都是会游泳的"鸭子"，才认识到一大批没看到的，同自己一样仅是一只鸡，根本不会游泳！

从此，生活陷入了窘境，生意不顺，加之被"伙伴"们欺骗、挤兑，自己举步维艰。自己的不得意，满腹的"冤屈"只能找妻女发泄。

本来还算"和平"的家，开始了十年内战。

"热战"，常以老婆以泪洗面的代价取得了完胜；继之而来的"冷战"，成了持久战。

孔子曰："不迁怒，不贰过。"

每个人都有自己的脾气。生活中，难免会遇见一些惹得自己恼羞成怒的人，此时，要懂得克制自己的情绪，不迁怒于他人，不因脾气再次犯错。

要知道，易怒，发脾气，解决不了问题，反而会加深问题的严重性。

那些脾气暴烈的人，做事焦急，越躁动事情越坏，事情越坏脾气越大……

现实生活中，很多人，总是把笑容送给别人，把坏脾气留给最亲的人。

想想自己有时也是，对亲朋好友没有耐心，稍有不如意，就任性耍横，指责埋怨。

在亲朋好友面前发脾气，不就是仗着他们对自己的爱，仗着他们会容忍自己的坏脾气吗？虽然，他们不动声色，但对他们的伤害有时也是很致命的。

特别是冷战，是家庭最愚蠢的沟通方式。"热战"是典型的"家暴"，"冷战"同样是摧毁人的精神暴力，它会在无声中冰冻两个人的关系，甚至一辈子都不会化解。

生活中确实存在为了一点小事就半年不说话或者直接冷战到分手的人，但是回头想想，值得吗？

幸福的婚姻就好似熊熊燃烧的火炉，需要两个人添柴加薪，仔细呵护才能越烧越旺，而冷战就像是给婚姻泼冷水，再旺的火焰也能被一盆接一盆的冷水扑灭，不剩一点火星，不留一丝余温。

你以为用你周身散发的冰冷，就可以伤着那个和你朝夕相伴的人，可是，你忘记了，最先被冰冷伤害的，从来都是自己。

等到对方真的万念俱灰，那真是一点余地都没有了。

解决矛盾的方式中，"热战"太野蛮，"冷战"太拙劣。冷战之所以是最幼稚的、最愚蠢的沟通方式，因为它只会带来猜忌、怨念和愤恨，只会让心心相印变成心心相离，只会让情侣失和、夫妻反目、朋友之间断绝来往。

在家庭中，如果你还珍惜和爱人的感情，就拒绝"热战"与"冷战"，好好沟通，早日终止"内战"吧！

风流不在谈锋胜，袖手无言味最长

人生苦短，我们要做的事情很多，如果你想要收获一个丰盛美满的人生，就千万不要和烂事纠缠。

不在烂事上纠缠，是一种处世哲学。

比如，你陷在一段不幸的婚姻里，你要想的应该不是怎么和对方撕扯，怎么报复"第三者"，而是怎么快速离开对方，提升自己的生活品质，过好往后的生活。

如果在你现有的圈子里面，都是一群负能量爆棚，喜欢诋毁、攻击别人的人，你要想的不是如何打败他们，而是应该加快你的脚步，脱离这个圈子，进到一个高级的、充满正能量的圈子。

对于那些恶意的中伤，有时候，沉默是最好的武器，它比爆发更有力量。

郭泰在太原时，有一天看到路上有一个人背着个瓦罐走路，走着走着，这瓦罐突然掉到地上去了，哗啦一声，吓人一跳。谁知那个背罐人看也不看，继续走路，就像什么事也没有发生一样。

郭泰看了觉得很奇怪，就主动上前问他："为什么你的瓦罐摔碎了，看也不看，弃之不顾，继续走路？"

那人回答："破都破了，再看还有什么用呢？"

郭泰觉得此人谈吐不凡，拿得起放得下，是个奇才，于是劝他进学。此人姓孟名敏，字叔达。孟敏求学十年后，名闻天下。

这就是"破甑不顾"的故事。

人生需要向前看，要尽快从不良的情绪中解脱出来。如果，把精力和时间一味耗费在无益的事上，那还有多少精力和时间用来提升自己呢？

聪明的人，从不纠缠。让自己活得更精彩，才是最智慧的做法。

当你成为最好的自己，一切风生水起时，你会看淡很多事，哪怕是当年让你哭过的人，也会相逢一笑。

川上晨雨

吃货与吃商

都说"唯爱情与美食不可辜负"，把好吃、会吃、懂吃的人，称之为"吃货"，如果还会烹饪、开发"食谱"，那就是货真价实的"美食家"。古代能配得上"吃货"这个名号的人很多，苏东坡绝对算是一个，袁枚也当之无愧。

苏东坡是秉性难改的乐天派，这点在热爱美食上体现得淋漓尽致。因为爱吃，所以爱生命，爱生活，正如他在《老饕赋》中说的那样："盖聚物之夭美，以养吾之老饕。"将一日三餐吃出了趣味，吃出了沧桑流变，这是一种境界啊！

但在现代，好像好多好吃的东西都害人，难吃的食材却养人。一个研究营养学的朋友，一遍一遍教我要喜欢吃新鲜的、原味的、清淡的、天然的食物。这就是所谓的"吃商"高的人，就是要吃得既健康，又快乐。

有人说"这不能吃，那也要忌口，活着有什么乐趣"，请去医院看看，生病，打针，何其煎熬！

虽然我们"不能辜负美食"，但"美食"辜负我们的还少吗？

乱吃东西，不懂节制，会提高患病概率；而注重膳食，会大大降低疾病和亚健康的发生率。

好好吃饭就是在治未病，没事多看看膳食宝鉴，并想想医学之父希波克拉底的话：让食物成为你的药物，而不要让药物成为你的食物。

"吃商"高的人告诉我：宁听有趣的人扯淡，不陪无聊的人吃饭。

其实，在现在这物质丰富的时代，吃什么喝什么真没多重要，但和什么人在一起吃喝非常重要。

有一次去朋友家吃饭，本来小两口准备了很久，饭菜很可口，可在饭桌上两人因为有道菜咸了而发起口舌之战，其实也不算咸，但氛围不好，让大家都没了胃口。

有心事，玩手机，无谓地争执，都会辜负掉一桌好饭菜。

总之，对我们钟情于美食的"吃货"来说，还得俱备高"吃商"，就是要"吃得健康，吃得愉快"！

川上晨雨

父母是无可替代的

有句话说:"天下无过错的父母。"我觉得恰恰相反。

为人父母,天天那么多鸡毛蒜皮,谁能做到完美无缺万无一失?

所有的父母都会犯错,多多少少,大大小小,总会有那么一些减分项。

有时会抠门,有时会苛责,有时会情绪失控,有时会顾此失彼。

工作太忙会缺失陪伴,读书不多会不懂教育,观念守旧会引发冲突。

但是,只要不是十恶不赦,只要他们在你身上倾注了足够的爱,只要他们尽心尽力养育了你,那些错,就不值一提。

生养之恩,总大过小时被扇一耳光之仇。

宽容父母的小过错,原谅他们的不完美,是人最基本的德行。

法国卢浮宫里古玩珍宝无数,维纳斯和胜利女神格外引人注目。

维纳斯美在韵致,胜利女神美在雄健,两位女神举世闻名,成为天下美女的代言人。说来也怪,两位女神能从历史长河中脱颖而出，竟是因为她们各自有着明显的缺点：维纳斯断臂，胜利女神没头。

中国古话说："儿不嫌母丑，狗不嫌家穷。"

只盯着缺陷就无法发现美。有时候，缺陷也是一种美。

好的爱情，让人柔软

有这样一个故事：

隔壁餐厅的老板娘，离婚后男朋友换了好几个，号称只恋爱不结婚，最近忽然要结婚了。

以为她找了精英男，结果只是一个普通中年男。问她为什么，她说之前的男朋友，包括她的前夫，无论年龄职业多么不同，都有一个共同特点，喜欢打击她，挑她的刺儿。

她漂亮能干，男人觉得把握不住，就总想压制她，她遇强则强。只有这个男人，让她变柔软了。

"这种变化，不是因为我爱他，假装温柔，而是从他身上，我看到了温柔的力量。"

她去年投资一家新餐厅，男朋友不同意，知道她强势、好面子，又在这个项目上倾注了心血，没多说什么，只是写了一页纸的风险提示给她。

她果然不听。

今年新餐厅经营不善，关门歇业。

她都想好了怎么应对他的冷嘲热讽，无非是女人干吗要这么拼，贪心的女人没好下场。这些话，她前夫经常说。但当她告诉他，餐厅关门了，他一句话没说，紧紧把她抱住，用手轻轻摸着她的头，说一切都过去了，就别想它了。

"我仿佛听到身体里咔嚓一声，所有的防备都卸下来了。"

她哭了。明白自己心里最柔软的那一片草原，终于见到了阳光。

好的爱情，让人柔软；好的人际关系，是彼此明白，每个人心里都有不可触碰的伤口。

情商高的人，很少与人争对错、论输赢，他们的共情能力都很强，无论己所欲还是己所不欲，都不强加于人。

夫妻间，对方心情不好时拥抱一下，摸摸对方的头，吻吻对方的眼睛，多问候，多关爱，不相互埋怨，就可以把爱建设得"牢不可破"！

不沟通是一切误会之源

狮子和老虎之间爆发了一场激烈的冲突，到最后，两败俱伤，奄奄一息。

狮子快要断气时，对老虎说："如果不是你非要抢我的地盘，我们也不会弄成现在这样。"

老虎吃惊地说："我从未想过要抢你的地盘，我一直以为是你要侵略我。"

人与人之间的沟通很重要！特别是在愤怒的情绪下，一定要先停下来，真诚地沟通！

很多事情你看到的、听到的未必就是你想象的那样。

人生在世要多给别人机会解释，也要多些向别人解释的耐心，人生就会少很多遗憾。

在沟通过程中，少一些"先入为主"的主观臆想，要保持一个良好的情绪和氛围，这是不可或缺的。

几十年前在大连任一卫生洁具制造厂的总经理时，我就差点误判一件事。

那天按例在车间巡视，见一女工在机器旁打瞌睡，我本想叫车间主任去训斥她，但转念一想，先问问什么原因再说。

于是我走近她身旁，把她摇醒，问："你怎么了？"

她摇摇晃晃站起来说："我身体有点不舒服。"我看她脸色潮红，用手背探了探她前额，烫得很厉害，正发着高烧，于是赶紧派人送她去医院了。带病上班还坚持着，多好的员工，差点以为她"偷懒"而骂了她。

此事对我震动很大。我常用此事提醒自己，凡事在未真正了解之前，不得"想当然"地妄下判断。

人不怕身在南北，只怕心隔天涯；心若亲近，言行必如流水般自然；心若疏远，言行就比冬天还凄寒。

谁都不是谁肚子里的蛔虫，即使是亲人，也不要说你应该懂就不去沟通。不沟通就是一切误会之源！

我不问+你不说=这就是距离；

我问了+你不说=这就是隔阂；

我问了+你说了=这就是尊重；

你想说+我想问=这就是默契；

我不问+你说了=这就是信任。

不问、不说、不解释，这不是酷或有个性，这是对自己、对他人的不负责、不公平。

给别人一个机会，也是给自己一个机会。

误会、误判的破坏力，有时是致命的。

爱的陷阱

人固然需要爱，但是，当这爱变异为一种安乐的馈赠、一种包办一切的呵护时，它就不再是爱，而成了一把能置人于死地的温柔的刀子！

有这么一个故事：

有一年秋天，一群天鹅来到天鹅湖的一个小岛上。它们从遥远的北方飞来，准备去南方过冬。

岛上住着老渔夫和他的妻子。他们见到这群天外来客，非常高兴，拿出喂鸡的饲料和打来的小鱼精心喂养天鹅。

冬天来了，这群天鹅竟然没有继续南飞。湖面冰封，它们无法获取食物，老夫妇就敞开茅屋让它们在屋子里取暖并给它们喂食，直到第二年春天湖面解冻。

日复一日，年复一年。每年冬天，这对老夫妇都这样奉献着他们的爱心。终于有一年，他们老了，离开了小岛，天鹅也从此消失了。天鹅不是飞向了南方，而是在湖面冰封期间饿死了。

在现实生活中，有多少父母一辈子都在为子女营造一个没有风雪的安逸之窝啊！

孩子小时，捧在手里怕摔了，含在嘴里怕化了，孩子要星星不敢给月亮，不让孩子干一点点家务活、吃一点点苦、受一点点累，让孩子过着"衣来伸手，饭来张口"的老爷式生活。

孩子大了，又要忙着给他们谋个旱涝保收日不晒雨不淋的好职业，还想着要给他们留下一笔丰厚的遗产，哪怕自己为此吃尽苦受尽累也心甘情愿……

这就是典型的"渔夫夫妇"式的父母"博大无私"的爱！然而，想想天鹅的结局，我们还能对这份爱肃然起敬吗？其实，这种"无微不至"的爱，这种一味营造舒适安逸的爱，恰是人生的"陷阱"。

陷入此"阱"的人，除了依赖和惰性，他们一无所有。一旦生活中出现"湖面冰封"，他们的结局绝不会比天鹅好到哪里去。

深爱才会心疼

有人说："心里有你的，风吹草动也心疼。"

心里没你的，坟头草动也不会来看你。

爱一个人就会心疼一个人，而心疼一个人，你就会心甘情愿地为他（她）的幸福和快乐而付出，无怨无悔。

问问自己：你现在这样心疼着一个人吗？有人这样心疼着你吗？

当你心疼一个人的时候，爱，已经住进了你的心里。

爱是一种心疼，只有心疼才是发自内心的真实感受。

温柔可以伪装，浪漫可以制造，美丽可以修饰，只有心疼才是真真切切的情感。

原来我们一直寻找的爱情，其实就是一种被人心疼和心疼他人的感觉。

疼你的怕你哭，怕你烦，怕你孤单；不疼你的任你等，任你盼，任你想念。

如果你独在异地他乡，是否想过：此时是否有人为你牵挂，为你担心，心疼你的奔波，心疼你的无助，心疼你没有按时吃饭……

也许有些人会觉得这思念未免有些不够浪漫和唯美，但其实爱就是两人之间累积起来的所有的心疼。

当你在雨夜中打着寒战，有个人一边嗔怪，一边把自己的衣衫披到你身上的时候；

当冬日里，那个人心疼地把你冻得通红的小手放进自己的手心；

当你们走在街头，那个人突然蹲下身子为你系上松开了的鞋带……

如果此刻的你这样心疼着一个人，那么我想这就是爱，这就是无数人寻觅的爱！

"以后"还有"以后"吗

我们常说，这事儿明天再说，其实真不知会是哪一天！

说下次见，也不知会等到猴年马月。

说有空再聚，仿佛永远在忙。

说马上办，也许是十天半月。

说方便时去拜访，仿佛就没方便的时候！

世界很大，时光似乎绵延无期，只是有时候，我们也不知道还有没有以后。

别再对你爱的人说以后了，因为你不知道以后到底是什么时候，时光可能残酷到连实现承诺的机会都不给你。

我们总是以为时光漫长，改天可以有很多天，下次可以有很多次，以后可以很久很久。

我们总是有时间见无关紧要的人，参加不重要的聚会，瘫在床上玩手机，窝在沙发上看综艺，却总是没时间见想珍惜的人，做想做的事。

但是，就会有那么一次：在你一放手、一转身的一刹那，有的事情就完全改变了。太阳落下去，而在它重新升起以前，有些人，从此就和你永别了。

别改天了，就今天吧；

别下次了，就这次吧；

别以后了，就现在吧。

我怕，"改天"是离别的开始，"下次"是机会的
消失，"以后"就再也没有"以后"。

多希望有人懂，有人疼

有人说：我懂你，像懂自己一样深刻。

简短的话语，却包含了丰富的内容。因为深有体会，所以知你的负累，懂你的苦衷；因为感同身受，所以心疼你的真诚，珍惜你的感情。

这世界会有一个人，懂你的言外之意，懂你的欲言又止，懂你的强颜欢笑，懂你的欲罢不能。

世事翻云覆雨，正是因为懂得你的难处，方能与你比肩而立，共看沧海变桑田。

人活一辈子，遇见的人太多太多，可最终真正知心知底的人只有那么几个。

酒肉之徒，日常谈笑风生，称兄道弟，遇事便树倒猢狲散，唯有旁人冷眼，慨叹一句"人心不古"。

而最好的关系，往往因为欣赏彼此的好，懂得彼此的苦，日久弥坚。

人与人相处，最容易出现的问题便是习惯用自己的方式去爱别人，自以为一切都为对方做到极致，对方却完全无动于衷甚至反感。这一问题出现的根源恰恰在于不懂，而非不爱。

可见懂得有多么重要。

懂得是一切情感升温的基础。唯有懂得，方才不会以居高临下的姿态对对方作任何评判，方能接纳对方的一切，进而理解对方的种种不易。

日常生活，常常围绕着柴米油盐这样琐碎的小事展开，也恰恰是这些小事，容易成为矛盾的导火索。然而只要能够懂得一点对方的不易，许多平添的怒火自然会随之渐渐熄灭，最终大事化小，小事化了。

懂得，可以选择以你容易接受的方式去爱你。懂得，能够以更智慧的方式处理人事，以最恰当的方式守护一切亲密关系。

懂，是通往心里的桥梁，引起共鸣。

因为懂得，所以包容；因为懂得，所以同心。

懂得，让心与心没有距离，让生命彼此疼惜。

懂得，是生命中最美好的相通，最深刻的感动。

世界上最温暖的事，莫过于有人懂、有人疼。

川上晨雨

寻个高人指路

读万卷书，不如行万里路；行万里路，不如阅人无数；阅人无数，不如贵人相助；贵人相助，不如高人指路。

高人看事情的高度，永远在普通人之上，因为站的高度不一样，普通人看到的是一个"点"，而高人看到的是整个"面"。

在生活中，你和谁在一起的确很重要，甚至能改变你的成长轨迹，决定你的人生成败。

与凤凰同飞，必是俊鸟；与虎狼同行，必是猛兽！

一根稻草丢在大街上是垃圾，绑在大白菜上可以卖白菜的价格，绑在大闸蟹上就是大闸蟹的价格。

和什么样的人在一起，就会有什么样的人生。

人抬人，抬出伟人；道抬道，抬出高道！

跟着苍蝇进厕所，跟着蜜蜂找花朵。与高人同行，你会不同凡响；与高人为伍，你能登上巅峰。

要常与高人相会，懂得向高人学习。见高人不能擦肩而过，要学会登门求教。"周公吐哺"，刘备"三顾茅庐"，便是求高人的写照。

那么，什么样的人是高人呢？

真正的高人不会让你觉得有多高，更加不会故弄玄虚，刻意弄得很与众不同。

他可能就是你做的很多事情他不做，你说的很多话他不说，因为他不是比你多了些什么，而只是比你少了些什么，所以你根本察觉不到。

高人有多高呢？取决于你能看多高，而且真正的高人通常只比你高一点，但是永远比你高一点。

朋友，为什么这些年你徘徊不前，毫无进步？回头看看，你背后那位老师，是否太平庸了点？

是否应该寻一个高人指路？

不可辜负的信任

有这么一个故事：

一艘货轮在烟波浩淼的大西洋上行使，一个在船尾的黑人小孩不慎掉进了波涛滚滚的大西洋。

孩子大喊救命，无奈风大浪急，船上的人谁也没有听见，他眼睁睁看着货轮拖着浪花越走越远……

求生的本能使孩子在冰冷的海水里拼命地游。他用尽全身的力气挥动着瘦小的双臂，努力使头伸出水面，睁大眼睛盯着轮船远去的方向。

船越走越远，船身越来越小，到后来，什么都看不见了，只剩下一望无际的汪洋。孩子的力气也快用完了，实在游不动了，他觉得自己要沉下去了。

放弃吧，他对自己说。这时候，他想起老船长那张慈祥的脸和友善的眼神。不，船长知道我掉进海里后，一定会来救我的！想到这里，孩子鼓足勇气又朝前游去……

船长终于发现那黑人孩子失踪了，当他断定孩子是掉进海里后，下令返航，回去找。这时，有人规劝："这么长时间了，就是没有被淹死，也让鲨鱼吃了……"

船长犹豫了一下，还是决定回去找。又有人说："为一个黑奴孩子，值得吗？"船长大喝一声："住嘴！"

终于，在那孩子就要沉下去的一刻，船长赶到了，救起了孩子。

孩子苏醒过来之后，跪在地上感谢船长的救命之恩。船长扶起孩子问："孩子，你怎么能坚持这么长时间？"

孩子回答："我知道您会来救我的，一定会的！"

"你怎么知道我一定会来救你的？"

"因为我知道你是那样的人！"

听到这里，白发苍苍的船长"扑通"一声跪在黑人孩子面前，泪流满面地说："孩子，不是我救了你，而是你救了我啊！我为我在那一刻犹豫而耻辱……"

一个人能被他人相信，是一种幸福。他人在绝望时想起你，相信你会给予拯救，是一种幸福。

被信任的人，一定不要辜负别人的信任！

做一个温暖、快活的人

尘世多纷扰，来去一念间。一念苦，一念乐，一念得，一念失！

我们的心在苦乐得失间无数次来与去，会有疲倦的时候。我们要时常护理好自己的内心，心平静了，才能听见自己的声音。

心清净了，才能看见万物的清澈；心放下了，才不被他物所累；心明了了，才不因外境而迷离。

如果，人生是一个剧场，这个导演不在别处，只在心里。

路在脚下，心在路上，生命的音符里，从来就没有重复的篇章。转身，微笑，用爱在岁月中修行，让心在辗转中安然。

其实，每一个渡口都可以停靠，也可以摆渡。温暖，一直在身旁。人生就是一段旅程，没有起点，不知终点。来往皆是客，懂得便是缘。

活给自己看，别把别人的评价看得太重。凡事只要于心无愧，就不必计较太多。

活着，总有看不惯的人，诉不完的苦，做不了的事。人生如水，看淡了它是透明。经历了冷暖，便知道阳光的灿烂；路过了繁华，便知道平淡。

人越长大越会懂，曾经很在乎的已经不值一提；

心越成熟越明白，平淡最美，清欢最真。

入世之心做事，事事美好；出世之心做人，人人简单。活着，说简单其实很简单，笑看得失才会海阔天空，心有透明才会春暖花开。

人生何必负赘太多，想开、看开、放开，如此而已。

做一个温暖的人，将岁月里的凝重，写意成简单，将过往的风景，安放在清浅的时光中，演绎着相逢与喜悦，承载着爱心与温暖。

怀平和之心，持恬淡的心态，活在当下，紧握温暖，才能在人生的旅途上远行。